アルトゥーロ・ポンペアーティ 編
谷口　伊兵衛／G・ピアッザ 訳

《カルペ・ディエム》
―浮世を満喫したまえ

イタリア・ルネサンス浮世草子10篇

文化書房博文社

Novelle Galanti del Cinquecento Italiano
di
Bandello – Doni – Firenzuola – Grazzini – Straparola
a cura di
Arturo Pompeati
Ateneo (Venezia, 1945)
©2015 Bunkashobo-Hakubunsha, Inc., Tokyo

目　　次

はしがき（A・ポンペアーティ） ………………………………………　1

バンデルロ篇………………………………………………………………　10
　（第Ⅱ部）第47話 ………………………………………………………　11
　（第Ⅳ部）第25話 ………………………………………………………　27

ドーニ篇……………………………………………………………………　40
　第30話……………………………………………………………………　41
　第89話……………………………………………………………………　50

フィレンツオーラ篇………………………………………………………　53
　第2話……………………………………………………………………　54
　第8話……………………………………………………………………　68

グラッツィーニ篇…………………………………………………………　79
　（第Ⅱ部）第9話 ………………………………………………………　80
　（第Ⅰ部）第10話 ………………………………………………………　93

ストラパローラ篇…………………………………………………………　102

（第Ⅰ夜）第5話 ……………………………………………… 103

（第Ⅱ夜）第6話 ……………………………………………… 117

訳者あとがき…………………………………………………………… 133

はしがき

16世紀のこの《イタリア・ルネサンス浮世草子》10篇には、当然ながら、マッテーオ・バンデルロが師匠の座を占めていますが、そのほかの語り手たち——ラスカ、ドーニ、ストラパローラ、フィレンツォーラ——も現前しております。彼らは小咄の数では、カステルヌオーヴォ・スクリーヴィアのドメニコ派修道士（バンデルロ）に劣るわけではありません。でも本書の編者としては、素材が制約されていることもあり、一つひとつヒエラルキーの格づけを行うという抽象的な配分を強いられたのです。さりとて、上述のとおり、師匠の認知がバンデルロに帰することに変わりはありません。ボッカッチョから16世紀全体およびそれ以後に及ぶ伝統の確かな要約者や言わば極端な体系者として、バンデルロは私たちの前に現われているのです。

さりとて、本書に収められた小咄の語り手たちの内で、彼がもっとも完成した文体家というわけではありません。彼に比べて、フィレンツォーラはたいそう洗練された芸術家ですから、美的センスの点では文句なしに首位に属します。彼がやっているように、あらゆる論題を美的センスの面に移すとか、自らの豊饒極まる言語の証明にすべてのテーマを試したりしていること（彼の言語はすべてのキーボードに精通しており、あらゆるニュアンスではぐくまれてい

るのです）こういうことは，現実的センスに関しては，必ずしも危険なしとしません。

　ちなみに，本小咄集と現実との関連のことも考慮される必要があります。周知のように，ボッカッチョがその『デカメロン』なる立派な宮殿を築いたりそれにフレスコ画を描きにかかったときには，三重のインスピレーションに従いました。つまり，一つ目はモティーフおよびエピソードの彼にはふんだんで多様な源泉に由来し得たインスピレーション，二つ目は彼が好奇の目で観察した現実に由来するインスピレーション，三つ目は独創的な構成力，感性豊かな人間性，（新しい詩を表現するのを目的とした）いまだかつてない文章表現法や言葉のリズムに富む，彼の独創的空想力とすっかり合体していたインスピレーションです。

　そして，このチェルタルドの人にあっては，最後のものが真に彼のインスピレーションだったのであり，そのため，ほかのインスピレーションをも無縁な芸術形式に変えたり総合したりしたのです。その結果，彼のこの形式上の個性には，後発の小咄作家も幻想に関しては一般にしがみついたのです。模倣者たちが言葉や句の反響を介して師匠たちの秘密を奪うというのはよくあることだったのです。

　このことをはっきりと言えば，こうした模倣の否定的結果にもかかわらず，ボッカッチョ芸術の肯定的要素が存続したのです。つまり，現実に対するこういう越権行為のせいで，現実は活きた構成的妙想に服従させられましたし，作家の内奥の流儀に則して編成されたのです。こういう流儀は，現実そのものに対しての観方を根底からかき乱して，その観方から中立的で不動の客観性をはぎ取ってき

たのです。こういう要素——文体の要請とか,語り的設定とか,言うなれば,文学慣習とかいったもの——が存続したのです。

　でも,すべての慣習と同じく,こういう慣習も出発点として用いた者に役立つことができたのです。当初のボッカッチョ風に基づいて創作することと,師匠のテーマや流儀を改新することなく反復することとは別だったのです。

　ところで,バンデルロはボッカッチョの不毛な追随者だったのではありません。正反対でした。むしろ彼は自分がスタイルを持たないことを信じさせたがったのです。「私にはスタイルがない」という彼の言葉を多くの人は字義通りに解してきました。ところが実際には,彼は文士というよりも素質のある語り手だったのです。彼は当時の地理を用いればロンバルディーア人[*1]であって,トスカーナ人ではありませんでした。ですから,あらかじめ先手を打って,純粋ではない自分の書体を調節したり,闊達な自らの文体に文化的・地方的アリバイを持たせたりしたのです。でも彼がスタイルを有するのを否定しているとき,彼の言葉を真に受けるのは適切ではありません。彼の小咄類が教育するのだと,なんと悪を避けようとすら（！）切望しているのだと言って,その教育的価値を要求しているときの彼を言葉通りに受けとめるほうがはるかに正当でしょう。

　バンデルロのスタイルは決して軟弱ではありません。たしかに,アカデミー風な悪趣味の華麗さや,言葉そのもののあだっぽさを放棄してはいますが,生活に生命を付与することを断念してはおりま

[*1] 今日のアレッサンドリア人。

せん。つまり，現実の生活に表現の生命を付与しているのです。こういう執着はむらがあったり，摩擦していたりします。ときには漠然としていますが，たいていは強く力をこめて現われています。このことは彼の想像力の柔軟さや，起伏を見せるのに好都合なのですが，一般現実を超えて芸術を高めさせるのには必ずしも有用ではありません。

　でもいくつかの肖像は鮮明に浮き出て，自由に運んでいるかに見えます。たとえば，彼のページによっては冗漫さがあふれていて，とくに沢山の言葉遣いやそのやり返しが入り込んでいる場合にはそうです。本選集に収められたシンプリチャーノ〔"バカ"の意〕の小咄では，この恋する愚か者の肖像を見られたい。これは外国で練り上げられた人物像の傑作です。ひどく執拗かつ入念になされればなされるほどそれだけ一層，見かけの下での，いかなる精神的実質であれ，これに到達し触れようという試みはそれだけ絶望的になることでしょう。

　ところが，この貴婦人の未亡人の小咄では見てのとおり，人物描写の巧みなこの作家は主人公たちの人柄についてではなくて，場景に，はなはだ素晴らしく飾られた彼女の部屋についての話に拘泥しています。語り手は列挙という冷静な配慮をもってその部屋を描出しているようですが，われわれとしては，まさしくスタイルの学識のせいでそこに注入された魔法的な雰囲気が伝播するように感じられるのです。また，小咄全体がどことなく魔法の雰囲気をかもし出しています。作家としては，この話を本当にあった話から採用したのだということを信じさせようとしてはいるのですが。

現実のケースに基づき練り上げたというこの見せかけは，バンデルロが読者たちに仕掛けようとしたぺてんではなかったのです。その小咄のきっかけがときには現に生起した事実に基づくものだったことを別にしても，彼はその創意や誇張に自分自身すべてのしるしや，意味や空想や，ときには情熱をも付与しようとしていました。こうして彼は読者との緊密な合意を確立していったのです。そのため，読者を彼の世界に参加させたのでした。つまり，そこでは諸状況が幸せで好都合に運んでいながらも，それらの状況から，読者にとっては，先に引用した未亡人の小咄に反響しているような，微妙な魔法，うっとりさせる調和に出くわさせられるという結果が生じ得たのです。

　この点ではバンデルロは実にしゃれていました。周知のとおり，求愛ないしむしろ好色は彼のレパートリーのあらゆる音階の属音（第五度音）なのでして，本書収録の二つの小咄において知覚できるような優美さを必ずしも備えているわけではありません。

　そういうしゃれ男がもうひとり居たとしたら，それはフィレンツオーラです。彼が書いた対話録『女性の美しさについて』[*2]では，完璧な女性らしい姿の典型がフランドル（オランダ）風の入念さで分析され，同時に，理想的な底意に包まれていたではありませんか？　これはプラトニックな雰囲気に暗示を受けていましたし，そこでは幾つかの素材が自然かつ言わば正当にも当時は沈潜させられていたのです。実のところ，こういう分析から出発しながら，逆に

[*2]　岡田温司／多賀健太郎編訳（ありな書房，2000）がある。

全く別の方向へ，つまり，官能のもろい区域へ向かうことも可能なのです。フィレンツオーラの貪欲なしなやかさの内には，美的考察の優雅さを秘めた誘惑的な小悪魔が潜んでいることは疑いありません。こういう曖昧さはそれ自体，もう一つの優美さなのです。さまざまな要素の融合が，上述したように，趣味のしるしの下で行われているのです。女性が美しいのはそのとおりですが，しかし言葉も美しいし，音だって美しいのです。

　これら小咄の中では，たとえ真剣さに劣るとはいえ，そのようになっています。二つのリポートの内でよりしゃれているのは，疑いもなく，フルヴィオや，ティヴォリの女性についてのものです。これは速くてしかも格調高い語りに，陽気さでもって使い古されたモティーフを一新させるという長所があり，調和した鋭い転調で全体が着色されていますが，さりとて色調の統一性が失われることは決してありません。とはいえ，後期の学識豊かな散文作家の作品に見られるような，選び抜かれた言葉の見本市にはいまだ及んではいません。むしろこれらの小咄において注目されるのは，スタイルへの配慮と並んで，ボッカッチョの流儀から解放されたり，俊敏な散文作家の腕前に触れたりしようという意図なのです。フィレンツオーラはたとえ上着を脱いでもいつもフィレンツオーラに変わりはないのですから，彼の庶民的な気取りのことを，言わば話題にすることだってできるでしょう。

　アントン・フランチェスコ・グラッツィーニ（通称ラスカ）も，その若干の意図からは，庶民的に見えるかも知れません。でもこれは誤りでしょう。グラッツィーニは薬屋だったのはそのとおりです

が，文士でもありましたから（ほかにも二つのアカデミーに受け入れられてから，うまくクルスカ[*3]の創設者に加わることになりました），古典のモデルや規則にはがまんできませんでした。それでジョヴァンニ・ボッカッチョ——彼本人の呼び方では，むしろ聖ジョヴァンニ・ボッカドーロ[*4]——を彼は崇拝していたのです。

彼は16世紀の美文体の正統化された規範を拒否する一方で，他面では，野卑な散文や出まかせの即興詩の味方でした。彼の書き物の美しい流儀や洗練さは，トスカーナの単純な口語のそれではありませんでした。つまり，彼が教養あるフィレンツェ人や生粋の芸術家からすばやく吸収した，上等な書記伝統のそれだったのです。要するに，彼の優美さはのびやかでしたが，その優美さには，ボッカッチョ風の響きも感じられるのです。しかもラスカはボッカッチョから，自分の小咄の素材を引き出すに当たり，大かれ少なかれ面白い悪ふざけへの偏愛を継承したらしく見えます。

実際，悪ふざけの原因の内には，昔からの小説の伝統が根付いていましたし，またフィレンツェの文士・芸術家の冗談好きな慣習には暗黙の取り決めがもうなされていました——生活は文学から霊感を汲み，文学は生活から霊感を汲むことを好むという取り決めです。ですから，本当に遊びの悪ふざけも，語られただけの悪ふざけも，全くオリジナルというわけではなかったのです。また悪ふざけは色

[*3] クルスカ・アカデミー。1583年にイタリア語の純化を目的にフィレンツェで設立された言語学会。
[*4] コンスタンティノープルの総主教聖ヨハンネス・クリストモス（344頃－407頃）の添え名で「黄金の口」を意味する。

事の自然な結託物だということ，これは偉大なボッカドーロも教えていたことですが，この教訓はラスカによりよく受け入れられたのです。そして，修辞上の重苦しさとは無縁な，いつも衷心からの，伝達的な調子で，この教訓は応用されたのでした。そのことは本書に収められた二つの小咄が証明していますが，とりわけ，セル・アナスタジョの小咄はごく明白にその証明となっています。

　この小さな選集に収められているもう二人の小咄作家はドーニとストラパローラです。アントン・フランチェスコ・ドーニはフィレンツェの雑文家でした。むしろ書字マニアだったというのが正しいでしょう。落ち着きがなく，陰気で，好戦的でしたし，正しく生活する規則とは必ずしもうまくいかずに，何でもかんでも準備なく，大急ぎで書き散らかして，元の生のページに出くわすたびに，しばしば間に合わせの編集に熱中して，しかも剽窃すらをも回避しはしませんでした。その作品は50篇以上もありますが，小咄集は一冊もありません。けれども，いろいろの本の中に散在しておりまして，多くの小咄はときたま生まれたものでして，彼の霊感からほとばしり出てきたものですが，それは模範的な純粋なものではなかったにせよ，奇想天外さやあちこちで微笑させる軽妙洒脱に富んでいたことは，ここに収録した二つの見本でも看取できます。

　ジャン・フランチェスコ・ストラパローラ（カラヴァッジョ[*5]生まれ）に関しましては，その『レ・ピアチェーヴォリ・ノッティ』はボッカッチョ風に枠入れされておりまして（枠組はムラノ島にあ

[*5]　北イタリアの都市ベルガモ近郊の小さい町。

るオッタヴィアーノ・マリーア・スフォルツァの邸宅で想像されたことになっています），特異な反響を及ぼしました。彼の功績はイタリアのノヴェッラ文学に初めておとぎ話を導入したことです。彼はそれを「謎を有するおとぎ話」と呼んでいます。この先鞭は，正・否はともあれ，彼の物語に幸運をもたらしましたが，大衆ノヴェッラ文学の愛好者たちには大問題を派生させました。つまり，東方や中世の起源と，（とりわけフランスの）派生との間で，『レ・ピアチェーヴォリ・ノッティ』の地位をどこに置くのかという問題を発生させることとなったのです。博学な問題とはいえ，彼の小咄のうちでも，色事を扱ったものにはあまり関係がありません。本書収録の実例からも判断できるように，これらの問題は以下の事実，つまり，ストラパローラのような二流の作家たちでさえも，当時は，知的品位を認められた規範といったような，何らかのしっかりした芸術的要請に文体上はしばしば服従する術(すべ)を知っていたのだという事実に，むしろ私たちの注意を引き戻すことができましょう。

（アルトゥーロ・ポンペアーティ）

バンデルロ篇

ANDELLO

(第Ⅱ部）第47話　ある貴婦人が少々バカ者と見なしていた横恋慕男に働いた，楽しくてこっけいなだましの経緯

皆さま方よ，あなた方は私がいつも高台に上がって，うわさ話であなた方を楽しませたり，吹きださせるようなこまごましたことをお話するのを望んでおられるものとお見受けします。実はそのいくつかはサヴォイア公爵夫人の前でもやったように，ゴスタンツァ・ランゴーナ・エ・フレゴーサ夫人の前で私が語ったものです。その他の話も私は致しました。ところで，ゴスタンツァ夫人はもう

引退しておりまして，私たちはお互いに良い仲間なものですから，私が物語ろうとしているのは，私の故郷ミラノで或る金持ちの貴族青年に起きた出来事なのです。私はこのごろこういうミラノ人を賛えてきましたがだからといって，すべてのミラノ人が賢人(ソロモン)だと思ってはもらいたくありませんし，彼らの中にはサン・センプリチャーノ（バカ者）大修道院のかなりな封臣もいないわけではないのです。ここの庭がいかによく手入れされ，肥沃で上等な土壌を含んでいるかご存知ですか？

とはいえ，美しいトスカーナから二人の野菜作りを来させまして，私どもがいつも中にいるときには，彼らはそこの清掃をしたり雑草を抜いたりということしかしません。でも彼らはひどく苦労したり，そこの草取りを真剣には致しんから，せっかくの良い草の中からも菜園の用には全く値いしないものが生じてくるような破目に至ることだってあるのです。肥沃なミラノの庭園はこのとおりでありまして，そこではあらゆる種類の草がありますし，生っ粋のミラノっ子の間には聖ロンギノス*1のひつぎの下をくぐらなかった者も多いのです。ですから，無作法なことを彼らがしでかしても不思議はありません。

近頃よく話題になってきているように，愛神(アモル)が神々しく強大な力をよく発揮しておりますし，またかつてのキモン*2のように，素

---

*1 ディオニュシオス・カッシオス（213頃–273）ギリシャの哲学者・修辞学者。
*2 キモンとペロの父娘の孝行物語で有名。ペロは老父キモンが獄中で餓死させられそうになったとき，牢獄を訪ねて自分の乳を父親に吸わせた（「ローマの慈愛」として知られる）。

敵な変身の話とか，男たちを畜生にしたほかの変身の話もあります。とにかく，アモルが盲目の少年だったものですから，或る人びとの心を粗野で鈍くさせ，そのため彼が炎を燃えさせるほどますます彼らを抜け目なく巧妙になるように努力しますし，ますます彼らの行動はばかげた結果を示すようになりますし，ロマーニャ方言の言い方では，１／10（デチミ）になってしまうのです。彼らの行動はさながら，高く登るほど恥部（尻）を見せるサルみたいです。けれども，この過ちは別にアモルのせいではありません。なにしろアモルとしては彼なりにできる限りのことをやるのですから。けれども或る人びとはひどく無軌道に生まれついているものですから，訓練しかねるのです。大勢がパリ，パヴィーア，ボローニャとか，ほかのいろいろの学問研究の場所に出掛けて，さまざまな学問に精通しようとします。ところが結局のところ，最終年に知るのは初年度と同じなのです。大学教師たちはその義務を果たしはしているのですが。

　さて，お約束のお話をするために，これから申し上げますと，ミラノにひとりの大層金持の若い貴族がおりました（たぶんいまだに居ることでしょう）。ただし，その本名は礼儀上口をつぐみ，仮にシンプリチャーノと呼ぶことにしましょう。なかなか美形でしたし，たいそう華美な服装をしており，たびたび服を取り替えましたし，毎日新規のししゅうや花飾りのある，その他流行の衣服を身に付けていました。ビロードの帽子とか，メダルとか，その他のものを見せびらかせていました。ネックレスや，指輪やブレスレットのことは言うまでもありません。町へ出掛けるための乗用動物――ラバ（イェニチェリ）とか，トルコ馬とか白馬(キネア)とか呼ばれていました――

は，ハエよりも清潔でした[*3]。その日に乗ることになっていたその動物は，贅沢な装備のほかに，打ち固めた金をちりばめてあり，いつも頭から両足まで香水がかけてありましたから，麝香，琥珀の混じった匂いや，その他の貴重な匂いで通りじゅうをぷんぷんさせていました。

　香水屋ロマーノが公言していたところによりますとシンプリチャーノ氏が彼に一週間で儲けさせた金額は，ミラノのほかの二十名の青年貴族が一年中に儲けさせてくれる額を上回っていたとのことです。ですから，香水に関する出費ではたいそう気前のよかったアンブロジオ・ヴェスコンテ氏のことは除外しておきましょう。ですから，われらがシンプリチャーノはミラノ一番の清潔好きで，もっとも香水をきかした若者でしたし，またポルトガル人みたいな感覚をしていたのです。なにしろ，10歩ほど歩くにせよ，馬に乗るにせよ，召使いの一人に靴をきれいにさせていましたし，背中にほんの小っぽけな毛一本でも付着しているのを見るのが我慢できなかったからです。また彼が言いふらしていたところでは，ミラノのどの貴婦人でも，彼が愛を施してやれば十分に満足しないではいなかったとのことです。また彼は自分のことを力量以上に買いかぶっておりましたので，ほかの貴族たちとのあまり親密な付き合いがありませんでしたし，彼には仲間に値いするような者がひとりも見つからないように思われたのです。ですから，たいていいつもひとりぼっちでしたし，彼の仲間には若干の召使いしかいなかったのです。

[*3]　ボッカッチョの言葉遣いを模倣している。

しかも彼の話し方はつまらなくて退屈極まるもので，たいそうゆっくりと喋り，自分自身に言い聞かせるかのようでしたから，誰ひとりとして，もしくはごく僅かの人びとだけが彼と付き合っていたのです。

　さて，毎日ミラノに出掛けていて，戸口で同市でたいそう尊敬されている紳士の夫人で，とびっきり別嬪の女性が目に止まりました。この紳士は高貴さと裕福さでとても尊敬されていましたが，人物としてもやはりたいそう値打ちがあったのです。シンプリチャーノは彼女ほど美しくて優雅な女性に会ったことがないと思いました。それで彼女への愛がひどく燃え盛りましたから，ほかの考えはすべて脇にどけて，心も体も挙げて彼女を追跡することにしたのです。それで，彼女の家の前を日に何回も通り始め，もしも戸口に彼女が見つればその度に，徒歩であれ乗馬のときであれ，立ち止まって彼女に話しかけるのでした。

　その淑女は礼儀正しくて人情がありましたから，彼に優しく応答するのでした。でもそれから，彼が礼儀知らずでひどく退屈な話し方をするのを見て，彼女は彼をめんどうがり始め，彼が欲していたようなもてなしをしなくなったため，あわれ恋する男は果てしなく悲しむようになっていったのです。それでもこれまでの企てを放棄はせずに，前より以上に彼女にけしかけていました。そして，彼女からいい顔も，彼流の誘い方への反応も得られませんでした。しかも彼は目ききというよりは香水販売業者でしたから，彼女がかたくなな態度を示すほど，彼のほうはより熱心にかつ気落ちすることなく，彼女を追い回し続けたのです。

そして或る日のこと，彼女が戸口で独りのところを見つけて，彼はかなり長々と口説き，自分に同情してもらいたがっていること，ただ一途に彼女を愛してきたことを熱心に訴えた上で，とうとう或る夜ひそかに密会して欲しい，と頼み込んだのです。ところでこの女性は性質も体質もシンプリチャーノとは正反対で，全然彼のことが好きではありませんでした。むしろ，彼を見てむかつき，嫌気を感じていましたから，彼に悪意を抱き，二度と目の前に現われないことを望んでいたことでしょう。ですから，厳しくて荒々しい顔つきで振り返り，こうして立腹しながら彼にきっぱり言い放ったのです，「いいですか，あなたは何と厚かましくて無作法な若者ですね，これをうちに愛のことをもっと話す最後になさい。将来ももし大胆不敵にももっと愛のことをうちに語るほどの勇気があなたにあれば，相応のお返しをすることになりますわよ。こんなことを言うのもこれっきりにしましょう。」そして，驚いた愛人を独りぼっちに道端に残して，女性は家の中に入ってしまったのです。

　ところで，女性の夫はこういうことでは厳格な男でしたから，もし一度でもシンプリチャーノの愛を見たとしたならば，彼に対してもまたたぶん妻に対しても，ひと悶着を起こしたことでしょう。

　例の貴婦人はシンプリチャーノを愛する気には全然なりませんでしたし，彼が自分で望んでいることをしてやるつもりもありませんでしたし，むしろ，まずく始まった企てから彼本人が退却してしまうことを望んでいたことでしょう。ところが，彼女は聾者に歌をうたっていたのです。なにしろ，どこに彼女が出掛けようと，この恋する男が姿を現わさずにはおかなかったのですから。彼女が教会に

行けば，彼も追ってきました。また，馬車に独りで乗ったり，あるいはほかの貴婦人たちと一緒になって町へと気晴らしに出掛けても，彼が後をつけてきたのです。ですから盲人以外には，シンプリチャーノがどんなタランチュラ（毒グモ）に噛まれたのかを容易に見て取れたのです。

　婦人はこのうとましい悪霊の病気がだんだん悪化していくのを見て，また他方では，夫の耳にそのことが届きはしまいかと疑って，彼女のほうから，恋する若者のからくりが夫に明らかになるようにと思案したのです。それで，ある夜ベッドの中で夫と四方山話のついでに，こう話しだしたのです。

「ねえあなた，ひとつ大事に思えることをお話したいんだけど。でも，お話の前に約束してちょうだいな。これからお話することに対して，あなたが戦いを始めようとはしないって。お話することに対しては，悶着を惹き起こさずに簡単に解決するすべをご存知だし，それにうまい対策を講じることがおできだろうと信じていますから。」

　夫は妻が欲することをすると約束しました。ことの次第をペネロペ夫人──この女性をこう呼ぶことにしましょう──は手際よくまとめて，シンプリチャーノ氏の恋慕を夫にきちんと語りました。この話を聞いてから，どういう対策を講じるべきかをすぐさまあれこれ思いめぐらせてから，微笑しながらそれを妻に告げるのでした。そして，これまでどおり恋する男を見かけたなら，喜劇を演じだすように命じたのです。

　ペネロペ夫人は夫が上機嫌なのを見て嬉しくなり，事態は血を流

さずに丸く収まるだろうし，追放されたり財産を失ったりする危険もないだろうと思われましたので，翌日，窓際に居て，恋する男が通りを横切るのを見るや，歓迎し始めて，彼に喜んで会う振りを示しました。シンプリチャーノは夫人がこれほどいい顔をしてくれたためしがなかったものですから，喜びで有頂天になり始め，もう我慢ができませんでした。そのため，機会があるたびに，再びその通りに戻って来るのでした。そのことはペネロペが想定したことでした。彼女は階下に降り，玄関を出ました。若者は夫人を見つけると，彼女の居る所にやって来て，愛情をこめて挨拶しました。夫人もにっこりほほ笑んで挨拶を返し，何千回もようこそいらっしゃいましたと彼に言ったのです。

　お人良しのシンプリチャーノはすっかりわれを忘れてしまい，言うべき言葉も見つからずに，じっと相手の女性の顔を見つめるのでした。そこでやおら彼女は深いため息をついてから，こんなふうに男に話したのです。

　「うちのいとしい君よ，これまでたびたびうちのとってきた頑な態度にきっと驚かれたでしょうし，これまでずっとあなたに見せてきた冷い仕打ちのことを悩まれたことでしょうね。でも，うちの理由がお分かりになれば，後できっと許して下さるだろうと期待していますのよ。あなたは礼儀正しく優しい青年でいらっしゃいますから。これまでうちが頑な態度を見せて，あなたの愛情を重んじたり喜んで受け入れたりする素振りをお見せしませんでしたが，これはうちの胸の中の愛情が乏しかったせいじゃないし，うちの愛情はあなたのそれより決して劣るものではなかったのです。なにしろあな

たの美しさと，あなたの優しい態度に負けて，自分がどれほど燃えているのか，どれほどの激情と苦しみに悩んできたし，今なおあなたへの限りない愛で苦しんでいるのかということをよく分かっていますもの。でもよろしいですか，うちが秘かに燃えていながら，この激しい愛を外に見せないよう隠してきたのには，二つの理由に強いられたからなのです。第一に，うちの夫に気づかれはしまいかとの疑念からです。もし夫がうちの貞潔をほんの少しでも疑ったりしたら，きっと何らの考慮もなくうちを殺すでしょうし，しかもうちはかつてなかったほどの極悪の恥ずかしい女になってしまうことでしょうから。また，あなたの生命を危険だらけのチェス盤の上に置く*4ことにもなるでしょう。夫がどういう男かはあなたもご存知のはずですもの。

うちはまた，あなたの愛情にあふれた欲望に従わない振りをしてきましたが，これもあなたが大方の若者のしているようなやり方をなさっているものと疑ってきたからなんです。彼らは激しく愛している振りをしますし，そして一旦その愛を享受すると，欺かれた女たちを見棄てるばかりか，自慢して振れ回ります。そしてやり遂げたことをあれこれの人びとと誇りながら，ときには，本当のこと以上のことも喋ります。どうやら彼らには相手の恋人たちを大衆の口車に乗せれば，勝利したとでも思っているようです。こういう事情でブレーキがかかり，うちはこれまでこらえてきましたし，またうちがどれほどあなたを愛しており，あなたに心地よいことをしたい

＊4　ばくちに賭けること。

とどれほど望んでいるかということを実際にお示しできればということも自分に禁じてきたのです。けれどもとうとう，うちを焦がす炎にこん負けし圧倒されてしまい，それにあなたに抱いている大きな愛情に刺激されたため，もはやこれに抵抗できなくなってしまいました。それでうちはあなたの欲求を満たすことを進んで聞き入れるように強いられてしまいました。ですから，二つのことを守って下さるよう心底からお願いします。

　一つは，こういうことは極秘に成されて，誰にも決して知られないように，とりわけ，うちの旦那に知られないようにすることです。もう一つは，うちも自信がありますとおり，あなたがずっとうちのものであるよう決心して下さることです。なにしろあなたの優しさからして，あなたが誰かほかの女性のためにうちを見棄てたりはなされないだろうと思われるからです。もしうちがほかのことを信じているとしても，後であなたに裏切られるために，うちがこんな情事を始めようと欲している，なぞと考えたりはなさらないで下さいな。うちがあなたを愛するのは，永遠にあなたを愛するためです。そしてあなたの両腕に身をゆだね，あなたにうちの命とうちの名誉をお任せするのです。あなたも殿方でいらっしゃる以上，うちの命もうちの名誉も大切にして下さいな。」

　お人よしのシンプリチャーノは相手の女性の甘言にこの上ない喜びで有頂天になりました。そして深い喜びの海に浸ったため，どう答えるべきかも分かりませんでした。でもとうとう心を集中して，できるかぎり精一杯，簡単な言葉でお礼を言い，決して彼女を見棄てたりはしないし，永久に彼女の召使いでいることを千回も誓った

のです。それから、いつご一緒できるでしょうかと尋ね、誰をも信用していないけれども、彼女が欲する所ならば、昼夜を問わず、独りでいる所で会うことを約束したのです。

　すると夫人は男に答えて言うのでした。夫がミラノに居る間は一緒になるのは具合が悪いだろう。夫はとても抜け目がなかったし、しかも大勢の召使いが夫と一緒にいたからです。でも夫が田舎へ狩りとかその他の用事で出掛けたときには、夜中に二人で会うことができるだろうし、男にそのことを知らせることもできるでしょう、と。

　お人良しの若者はこういう取り決めをしてから、夫人と別れました。そして、旦那が町を去るときを待つしかありませんでした。毎時間経つのがまるで一年が過ぎるかに思えました。ですから一日中何度何も通りに出掛けては、ペネロペ夫人が何か合図をしてくれるのを待ったのです。彼は夫人がしてくれた約束に歓喜で有頂天のあまり、居場所も見つからず、記憶喪失者みたいにミラノに徒歩や馬で出かけましたし、さながら魔法にかけられたみたいだったのです。そして、夫人が玄関にいたときはいつも、何とか一緒になる機会を彼女にせがんだのです。ペネロペ夫人にはこういうやり方が全然気に入りませんでしたから、ある日のこと夫と二人だけのときに、夫に言ったのです。

　「あなたはうちを単純素朴なシンプリチャーノと悪ふざけの面倒に巻き込ませたおかげで、あの男はいつもうちの頭をかき乱しているのよ。あなたにこの面倒をうちの肩から追っ払ってもらいたいわ、こんな顛末(てんまつ)に終止符を打って下さいな。」

　「それじゃ」と夫が言うのでした。「僕にまかせなさい。お前を笑

わせてやろう。」夫婦にはトーニャという名の老召使い女がおりました。齢い60歳近くで、台所で皿洗いをしたり、ブタやニワトリを飼ったりしておりまして、いつも脂で汚れきっておりまして、さながらマッチみたいに四方八方へ悪臭を発していました。フェッラウの母ランフーザ*5みたいな爪をしており、脂だらけの不潔な爪で、キャベツの大鍋の具をいろいろつくっていたのです。しかも彼女は片目が見えず、頭にはたむしを患っており、もう片方の目は涙を流し続けていて、口はといえばいつもよだれを垂らしており、ぞっとするほど臭い息をしていました。ですから、フィエーゾレの神父が一緒に寝たチュタッチャのほうが7千倍も見劣りしなかったほどでした。

　この老婆がシンプリチャーノの情人に選ばれました。そこで、呼び寄せて、主人が彼女に言うのでした。「トーニャ、明日の夜美男子の若者をあんたの元につかわすから、その男の欲するものを食べさせるなり、何でもしてやってもらいたい。ただし、絶対に話をしてはいけないよ。」

　彼女はすべてのことをやり遂げると約束し、主人は彼女に新しい服を着るようにと命じました。翌日、彼女を入浴させ、彼女の周りに二人の下女を侍らせて、頭から足の先まで全身をマッサージさせ、見事なまでに洗い清め、手の爪を切らせました。

　ペネロペ夫人の夫は手筈を整えてから、狩りに出かけるぞ、と言い残して、馬に乗り、ミラノから出発しました。すぐさま、ペネロペ夫人は玄関に出ました。すると程なく、シンプリチャーノが姿を

---

*5　未詳。

現わして、彼女に挨拶しました。夫人はそこで彼にこう言ったのです。

「最愛のあなた。ちょうどよい時間にいらしたわね。主人は外出しましたから、二日間は戻りません。今晩5時から6時の間にここにお出かけ下さいな。この門扉は開いていることがお分かりになるわ。そっと押して、ステップと門扉の間で待っていて下さい。うちがそこへ参りますが、決して話しかけたり、物音を立てたりしないで下さいね。うちも同じようにします。外出していない召使いたちも大勢まだ残っていますからね。」

こう命じてから、夫人は家に入りました。そしてシンプリチャーノのほうは大いそう喜んで試合でいんぎんな騎士に見せるために、きちんと身なりを整えたのです。夜になると、ペネロペ夫人の夫がミラノに戻り、家に入りました。そこでトーニャには金の布の下着と、深紅色のダマスク織の上衣を着用させ、頭には金の頭巾と、また周囲にはほかの飾りをつけさせました。さながら着衣の雌ザルそっくりでした。またしても彼女に教え込み、彼女をステップと門扉との間に立たせました。なにしろ同市のほとんどすべての良家には、まず道路に面した門と、さらに家に続くステップがあったからです。夫妻は家のほかの者たちと一緒にじっと黙ったままシンプリチャーノがトーニャにどうするか一部始終を窺うためにステップの傍の玄関口で佇んでいました。トーニャはそのとき独りぼっちで、二つの扉の間に居ました。そして、すぐに新婦になるはずだと分かって、大そう喜んでいました。

シンプリチャーノはというと、夫人から別れたときと同じように、有能な騎士であることをよく示そうとして、帰宅し、上等のあいま

いなヴェルナッチャ*6やピスタチオの実やその他高価な砂糖菓子(コンフェット)で気分を一新しました。それから，穴のあるたいそう美しくて，金糸と絹仕立ての下着に香水を十分にふりかけてから，それを着用しました。そして，頭から両足の先まで麝香(じゃこう)，琥珀の成分入り香水をふりかけました。このように衣服をこういう成分で，一部はキプロス産の鳥もちやその他上等のいい匂いを放つ高価なパウダーで香りをつけましたから，あたり一面芳香をふりまいていました。服を着て，きちんと身なりを整え，ユダヤ人がメサイアを待つよりもそわそわしながら，決められた時間を待っていたのです。一時間に百回も立ったり座ったりしながら，太陽が西に早く沈んでくれないかと眺め入っていたのです。一瞬一秒がひどく長いように感じましたし，太陽神のアポロン*7が馬を駆り立てないのを呪っていました。

　夜になり，そしてなおも待たねばならなかった5時間が彼には一年以上の長さに思えました。そして，いとしい愛人と会えるに違いないと思って，ひとり言をいうのでした。「俺より幸せで運の良い恋人がはたしているだろうか？　俺は今晩，世界で比べるもののないほど美しくてしとやかなわが婦人と一緒になれるに違いない。ミラノの紳士で俺に比べられるような者がいるだろうか？　何という幸せ者！　至福者よ！」

　そしてうわ言をいったり，ばかばかしい繰り言をさんざん吐いていて，5時の鐘の音を聞きました。それで，金のリボンでししゅう

---

*6　辛口の白ワイン。
*7　フォイボス

したすべすべのあお毛の上着を羽織り，円形の小盾と剣を掴み，ペネロペ夫人の家に赴き，門扉をそっと押しました。月が皓々と照っていたため，その月明かりでトーニャが待ちながら立っている姿を見たのです。彼女が自分の女神だと固く信じて，門扉を閉じてから，彼女に近づき，首に両腕を回し，愛情いっぱいに口づけしました。はっきり言って，彼の場合には空想が占めていたのです。

　トーニャの両唇は奴隷女みたいにぶ厚くて，口は猛烈な悪臭を発散させていたのです。けれども恋い焦がれたシンプリチャーノにはこの上なく上品な口や，この上なく甘い唇や，この上なく心地よい息に思えたのでした。それで限りなくキスにキスを重ねても飽きることはあり得なかったのです。それから，彼は一物がふくらむのを感じて，トーニャをたまたまそこにあったベンチの上に倒して，あこがれてひどく空想してきたかの恋人を我が物にすべくたくましく始動しだしたのです。三回勝負しても満足せず，四回，五回と挑戦しました。それから，トーニャとふざけだし，胸や長くてごつい乳房やざらざらした短くてふくれ上がった両手にキスしながら，なおもペネロペ夫人とキスしているつもりでいたのです。そして，ごく小声で彼女に言ったのです。

　「いとしいきみよ，いつまた自由に一緒できるの？　ぼくから何か欲しいものはない？　このルビーを取っておいておくれ，このネックレス，このブレスレットをぼくらの愛の記念に取っておいておくれ。」

　トーニャは無言のまま，そんなプレゼントは何もいらぬという合図をするのでした。とうとう，熱心な愛人に刺激されたトーニャは，

ひどいどもりだったものですから，どもりながらも，シラミの卵をやっつけるための骨の櫛を買って欲しいと答えたのです。

　こういうちぐはぐな言葉から，哀れシンプリチャーノは誰と寝たのかを知って，はっきりさせるために扉を開け，月明かりのおかげで，彼女がかのトーニャ婆さんだということをはっきりと見たのです。それで彼は絶望のあまり，円形の小盾と剣を摑み，逃げ去ったのでした。ペネロペ夫人と夫が男が立ち去る足音を聞いて，ステップの扉を開けると，夫は言うのでした。

　「シンプリチャーノは自分から騙されたんだから，ほかに仕様がなかったんだ。」

　シンプリチャーノは二度とその通りを横切りませんでした。そしてミラノでペネロペ夫人がわきを歩いているのを見かけると，彼は方向を変え，彼女を伝染病患者みたいに避けるのでした。こうして，ペネロペ夫人は血を流すことなしに，賢明な夫の助言で，若者の煩わしさを肩から一掃したのでした。

(第Ⅳ部）第25話　金持ちで有力な美しい貴族夫人が未亡人になって，しでかしたこと。もう再婚の意志はなく，自制することもできずに，術策をめぐらせて欲望を処理する

皆さま方よ，私がミラノを通り過ぎるときに，数年前のことですが，友人から聞いたところによりますと，ひとりの貴族の未亡人がまだ住んで居たとのことです。彼女は大そう若くて，富豪の上，別嬪でしたが，22歳を超えてもいないのに，もう再婚しようとは思いませんでした。揺りかごに入っていた幼い息子は，夫のために出産していまだ一年も経っていませんでした。そして夫は死にそうになると，遺言書を作成し，幼い息子に全財産を残したのです。妻には残した持参金が5千ドゥカート増えることになりましょうが，ロンバルディーア住民も言っているように，万人の女性で女主人(マドンナ)たる以上，不動産を売ることも抵当に入れることもこれを欲したのでない限りは，役所に報告する義務がなかったのです。ですから，彼女は未亡人のままずっと，幼い息子の世話に専念してきたのです。豪奢な宮殿に住み，極美の壁掛けや，アレクサンドリアのじゅうたんや，ミラノではほかにない位の優雅で華美なベッド一そろいが備わっていました。さらに四頭の駿馬付きの立派な馬車を保有しており，そして夫が生きていたときほどの家族や召使いはいなかったのですが，それでも彼女に仕えている者は大勢いました。そのうちのかなり老いた書記官が，彼女の舅(しゅうと)や夫と一緒に住み着き，外の財産の管理人や，初老の執事，それに二人の従僕と若干の小姓も居りま

した。さらに乳母とその夫[*1]とともに，数人の既婚女性も居たのです。未亡人は毎晩決まった時間に各自の部屋に閉じ込もることを望んでいました。そして宮殿は夜は錠を掛けていましたから，扉の鍵は部屋に保管させ，一晩中それを彼女が握っていたのです。

このようにして，静かに生まじめに生活しておりまして，親戚や他人ともあまり付き合わずに，もう再婚はしないと固く決心して，孤独な生活を送っていたのです。彼女は貴族でしたし，十分なあり余る持参金がありましたし，たいそう高い身分の男性と結婚しましたから，金庫には数千ドゥカートもの金貨があふれたまま留めおかれており，多額の地代が入ってくるのを知っていましたし，しかも家の中ではあまり出費をしなかったのです。ですから，紳士の大群が彼女を口説くために彼女に付きまとったのです。そのかわいい美貌を堪能しようとしたり，妻として手に入れたりしようとして。でもすべてはむなしかったのでして，彼女が言うには，自分はもっとも優しくてもっとも礼儀正しい人を夫にしたのだし，夫からだけ愛されたし，そのことは夫が死に際にもっともはっきりと示してくれたのだ，とのことでした。ですから，彼女は冒険を冒す気にはなれませんでした。煩わしく，嫉妬深くて疑い深い誰か男に出くわすことで，通りの噂さになったり家の苦しみになったりして，後で自分の悪い連れ合いになりはしないかと疑ったのです。

ですから，こういう考えでもって，あれこれの男たちの求愛には一切応じませんでしたが，それでも彼らは毎日彼女の奉仕をしたり，

[*1] 保父，執事。

妻として引き受けようとしたりしたのです。でも彼女はそんなことに動じはしませんでした。ですから，彼女が誰かほかの男にいい顔を見せているとは誰も気づけませんでした。彼女が誰にも愛情をかけずに約2年もの年月が続きました，いやむしろ，世間全体を彼女は軽蔑しているかのようでした。恋に陥りたいとか，夫婦の交りをしたいとは一回も思いませんでした。

　ところが，愛神がこの女性の厳格さに立腹して，何とかして彼女に清い決意を破らせて，彼女に勝利することを考えたのでした。それでたまたまその年は天の女王の受胎告知祭に当たっていたのです。この祭日には，私に知らされた限りでは全贖宥[*2]をもって，一般に一年間は修道院大客室で，もう一年は大聖堂でこのお祭りが挙行されることになっているのです。私が申し上げているこの年は修道院大客室に当たっておりまして，そこで彼女はひとりの紳士が自分と向き合って話すのを見たのです。

　彼女は全贖宥を得るために許しを乞いに出掛けたのでした。そして，激しい恋に陥ってしまい，星の極点で目を開けて，紳士をまじまじと見つめたのです。実に美男子で，たいそう立派で金持ちの上，きちんとした礼儀正しい男でした。この女性には，この男より優しくて上品な青年をかつて見たことがないように思われましたし，彼のためにほかの所へ視線を逸らすことがどうしてもできませんでした。でもこの紳士は彼女のことを考えも，気にかけてもいませんでした。彼女としては，彼の視線から素晴らしい喜びを享受できるよ

[*2]　ヴァチカンより罰の償いが全面的に免除された。

うに思えたものですから，彼が自分のほうを向いてくれることをひたすらこい願ったのです。

そこで，その女性が世話になっていた薬屋が，薬とか錠剤などいろいろと注文を聞いてきたものですから，その青年に近づいて，彼と話を始めたのです。そして，二人の話がかなり長くなったとき，彼女のお伴をしてきた保父に目くばせして，彼女を近づかせるようにしたのです。すると薬屋はうやうやしくお辞儀しました。そして彼女のほうは低い声で，薬屋が話かけている紳士をあなたはご存知なのですか，と訊きました。すると，保父はいいえ，と言ったものですから，女性は姓名を知ろうとうまく試みてくれるようにと保父に頼んだのです。ほどなく青年が立ち去りましたので，その後をゆっくりと追って行ったのです。そしてこのように後をつけていくと，保父は懇意にしているポーターに出くわしました。ポーターは町内のすべての家に出入りしていて，ほぼ誰でも知り尽くしているものですから，三人の召使いとともに前に行くあの人物は誰なのか，またこの人物を識っているかどうかと尋ねたのです。

するとポーターが答えました。「もちろんだとも！　僕は彼の家にはよく慣れているし，そこで毎週沢山の用事をやっているよ。」そして，若者の姓名や，どの通りのどの部屋に住んでいるかを教えたのです。

ポーターが何ら疑っていないものですから，抜け目のない保父はそのときこう言ったのです。「あれまあ，僕はひどい思い違いをしていたわい！　ひどく似ている別人を当人とばかり信じてきたんだ。」それから，帰宅すると，女主人にすべてのことを報告したのです。

それで彼女は夫が生前に幾度もたいそう高貴で金持ちの礼儀正しいその青年のことを話すのを聞いていたものですから，しばしば窓に身を寄せて，万一にもその青年が通りを横切るのを見ようとしたのです。ところで，この件では彼女はかなり幸運に恵まれたのです。なにしろ青年は司法長官とは係争中で，よくその宮殿に出向いていたのですが，この未亡人の家の前を通らないでは直行することができなかったからです。ですから，彼女はそのことに気づいてから，大変満足したのでした。そういうわけで，青年がその通りをひんぱんに往復するのを見て，気づきました。彼が訴訟を抱えた弁護士や代理人とときたま一緒に居なかったとしたら，彼がほかの仲間と一緒のところを決して見かけはしないということに。

　同じく，彼が町に馬で出掛けるときにもいつも独りだけで馬に乗っていたのです。すべての貴婦人の一般の習慣どおり，彼女が慰みに馬車でくまなく出掛けると，いつも独りぼっちの彼に出くわすのでした。彼は普段は一人の小姓*3と二・三人の召使いしか連れていませんでしたが，家には大勢の手伝い人がいたのです。

　この青年が未亡人（馬車に乗っているときであれ，徒歩のときであれ）に出くわすと，いつも帽子を手にもって，頭をまじめに傾けながら敬礼をするのでした。どの紳士も貴婦人たちに敬意を表するのが称賛すべき習慣ですので。

　彼女も同じように，彼だけでなく，お辞儀してくれるすべての男性に対して，生まじめに頭を下げるのでした。そして，相手の身分

---

*3　高位の召使い。

に応じて，深くお辞儀することで，然るべく敬礼していたのです。でも，彼女がこのように振舞っていたものですから，彼女がはたしてほかの誰かよりひとりの男性に愛情を寄せていることには誰も気づけませんでした。彼女のその青年への愛情は月並なものではありませんでした。でも，賢明で慎しみ深かったために，いかなる行動でもその愛情を見せたりはしなかったのです。

　その青年が往き来したり，さまざな態度でも示していた美しさや謙虚さにすっかり惚れ込んでいきましたし，彼女はほとんど誰とも交際していなかっただけに，ますます彼のことが好きになっていったのです。ですから，このように燃え上がり，彼からも法外に愛されることを熱望し，さりとて自分の烈しい愛情を手紙とか伝言で表わす勇気もなく，ましてやこのことを彼に気づかせる行動やまなざしに訴えることもしないで，数日間も愛したり，燃えたり，黙したりしながらも我慢し続けたのでして，事態をどう収めるべきか解決策が分かりませんでした。

　とうとう愛神に助けられて，彼女は若者から識られることも見られることもなくして彼を享受する新しい方法を考えだしたのです。こんなことはおそらくこれまで誰もやったことがなかったでしょう。皆さま方，どうかお聞きあれ，この女性の巧妙さと機敏さを。彼女はまず最初に乳母とその夫に自分の本心を訴えまして，納得のゆくこんな理由でこの夫婦に打ち明けたのです。自分はもう再婚は絶対にしたくないと考えてきたけれど，若くて消化のよい食事をしているものだから，肉体の刺激と猛烈な闘いをずっとしてきており，これには長く抵抗してきたのだけれど，とうとう根負けしてしまい，

もうこんな生活はしたくなくなって，自分のやりたいことに対処したくなったのだ，と。そこでできる限り極秘にしておこうと考えたのです。自分の生まじめさはすっかり保たれたままで，若くて礼儀正しい青年と一緒になり，夜逢瀬(おうせ)を重ねるためです。こうして保父に対しては，やって欲しいことを教え込んでおいたのです。

ですから，これまで皆さまにお話しして参りました青年が彼女をものにしたがっている当人だということを固く閉ざした上で，その青年を代父に明らかにしたのです。ときあたかもカーニヴァルの放恣な日々に当たっていました。この日々にはご存知のとおり，誰でも仮面をつけることができました。

青年が修道院客室で未亡人の気に入ってから約一年が経っていましたが，彼女はいつも自分のこの恋のことを考えたり再考したりしてみたのですが，どう解決するか分からずにきたのです。

とうとう或る日のこと，保父に教え込んだ後のことでしたが，彼女は保父に仮面をつけて，青年と話をしに行って欲しい，といったのです。入念な代父はそうしました。そして，駄馬の馬車をひろって，町のあちこちを探り回っていると，例の青年に出くわしたのです。彼はジネット馬[*4]にお伴も連れずに乗っており，町へ遊びに出掛けるところでした。そこで代父は青年に近づいてこう言ったのです。

「旦那さま，ひとつよろしければ，お話したいのですが。」青年は喜んで拝聴しよう，ただしどなたなのか身分を教えて下さい，と答えました。「旦那さま，自分が誰かは申し上げられません。でも，

[*4] スペイン産の軽量級の駿馬。

これから申し上げることをお聞き下さい。この町にはたいそう別嬪で高貴な、しかも大変金持ちの女性が居りまして、その女性は世の女性がかつて男性に抱いたことがないほどに、激しくあなたへの愛で燃えているのです。彼女はあなたをこの町の親切で、礼儀正しく、思慮深い青年のひとりとして尊敬しています。もし彼女があなたに対してこんなに高く買いかぶっていなければ、どんなにお金を積んでもあなたに近づこうとは欲しないでしょう。でも、多くの青年は帽子の上に脳味噌をもち、カボチャの中に塩が乏しい[*5]ものですから、恋する女性たちからよい顔をされたり、にっこり微笑されたりすると、すぐにそのことを教会なり広場でばらすものですから、彼女はあなたの意思の強固さや、秘密厳守や、忠誠を試したがっているのです。ですから、夜中にあなたが彼女と一緒になることを彼女は望んでいますが、あなたが彼女を見ることも識ることもできないようにしたがっているのです。ですから、次の夜によろしければ、夜中の３時から４時の間に通りのさる角にいらして下さい。わたしはあなたのために仮面をつけてお会いしましょう。あなたはよろしければ、お気に入りのどんな武器で武装していても結構です。わたしがやって来たら、あなたの頭にフードをかぶせて、お連れする場所が分からないようにします。誓って申しますが、あなたは少しもだまされはしないかと恐れる必要はありません。わたしはロンバルディーアで一番の優しくて美しい女性の傍にあなたをお連れするのですから。よく考えてから、決心して下さい。」

[*5] 「気が利かないでくの坊だ」という意。

こう言ってから，保父は立ち去り，通ったことのない道から帰宅したのです。青年のほうはすっかり混乱して，頭の中で千々に思い悩みました。そしてこういう場合に為すべきことを思い浮かばないで，独り言をいったのです。「ひょっとして誰か敵がいて，こんな餌で毒を盛り，自分を無邪気な去勢牛みたいに畜殺場に引っぱり出させたがっているのでは？　でも考えてみるに，儂に敵なぞいないし，大物でも小物でも侮辱したこともない。儂の血を欲しがっているのが誰なのか，想像だにできないわ。それに儂に話かけた男は，儂が望むなら，十分な武装をして出かけてもかまわないよ，と言っていた。儂が武装していても，もし儂が頭巾をかぶっていれば，誰が儂を攻撃しようとしているのか，どうして見分けがつこう？　さる女性が誰かを熱愛していながら相手に見られたがらないというような話をこれまで聞いたためしがない。上品で優しい女性を抱擁するものと思い込みながら，儂は誰か下層のひどい全くの売春婦，町中のならず者やポーターたちと無差別にやたらにその体で情交してきた女の腕の中に陥るとも限らぬではないか？　相手は梅毒持ちかも知れないし，儂にその病いをうつして，儂を一生身体障害者にしてしまい，もう男ではなくしてしまうかも知れぬ。」

　あれこれのことを考えながら，青年は起きるかも知れぬすべてのことを内心思い巡らせつつ，夜まで乱心するばかりで，どうしてよいか分かりませんでした。彼は2時に食事をしたのですが，僅かしか食べませんでした。それでも，どうしたものかと考え込んだのです。とうとうこの一件を決着させようと決心し，3時には武装した上で，指定された場所へ赴いたのです。そこにしばらくじっとしていると，代

父が課せられた命令どおり，そこに到着し，そして青年に挨拶してから，頭巾を青年にかぶせたのです。それから青年にこう言いました。

「旦那，儂の後ろの服を片手で摑んで下さい，そして後に付いて来て下さい。」それから代父はあちこちとさまざまな道を通り往復してわざと道を間違えましたから，代父本人ももう一回同じルートを辿れないほどでした。そしてとうとう若未亡人の家に案内し，豪奢に装飾された一階の部屋に案内したのです。そこには念入りに飾りつけぜいたくなカーテンに囲まれたベッドや，真紅の絹や金糸により巧みな名人の手で刺しゅうされた二つの極美の羽根枕が置かれていました。こんなものを見れば，どんなに偉い王さまでも光栄に包まれてすっかり満足したことでしょう。しかもその部屋は辺り一面香水を振り撒かれていて，心地よい香りを放っておりました。部屋の中は暖炉が燃えており，小テーブルの上には銀の燭台があり，真白なロウソクからろうが垂れていました。

さらに，色とりどりに金や絹でアレクサンドリア風に刺しゅう入りで織られたテーブルクロースがあり，その上には，ひげや頭をすくための象牙と黒檀のくしや，背中に髪をとかしたり，美しいキャップや両手をとびっきり清潔にぬぐうための布もありました。でも，部屋の壁の周囲の装置は何と言ったらよいやら？ 壁掛けの場所にあったのは，入念に仕上げた金糸のラシャの一そろいの旗でして，そこでは一つ一つの旗に，亡き夫やその未亡人の親類の紋章が付いていたのです。でも，用心深い未亡人はそれらの紋章から彼女が何者かを愛人に悟られないようにと，ほかのあいまいでふんだんな細工を施して巧みにそれらを覆わせ，これ以上うまくできない

ほど美しく仕上げたのでした。マヨルカ式の繊細な器の中には，上等の砂糖菓子（モンブランの香わしくて貴重なワインを含んでいました）の華麗な詰め物が入っておりました。

　青年が中に入ると，代父は彼の頭巾を取り去って，言うのでした。「旦那，お寒いことでしょう。お好きなように温まって下さい。」それから，先の揃い物を彼に差し出したのです。しかし青年は礼を言いながらも，飲食はしたくなかったため，体が温まるのを待ちながら，周囲の豪奢な装飾に見入りました。

　彼は限りない驚きで一杯になり，ほとんどわれを忘れたまま，この高貴で堂々たる装置を仔細に眺め回しました。そして，この場所の女主人はミラノの一流の貴族婦人の一人だと判断したのです。彼が温まると，代父は控え目に銀製のあんか*6で床を程よく温め，それから青年が服を脱ぐのを手助し，床へ行かせました。青年が床につくや否や，未亡人が顔に仮面をつけたままその中に入り込みました。彼女は黒ずんだダマスク織の服を着用しており，その大部分は細い金糸や深紅色の絹糸の小さなひもで装飾されており，下着は金色の織物でできており，すっかり見事な刺しゅうを施してありました。

　彼女に付き添った乳母もやはり仮面をつけており，女主人の脱衣を手伝うのでした。ですから，幸運な青年は品よく盛り上がった純白の胸と，二つの丸くてぴんと張った乳房（まさしく名人の手で作られたみたいでした）をした美形のほっそりした女性の肢体をまじ

---

*6　長い柄のあるふた付き容器。その中に炭火や熱湯を入れて暖房用に用いた。

まじと貪欲な目で凝視するのでした。さらに，天然の鉛丹色をした美しくて柔らかい肉体も見ました。彼女は裸になると，青年の傍に横たわり，それでも彼に触れないで，顔には仮面をつけたままでした。代父と乳母は灯りが何もはっきりさせないように火を覆い隠しました。それにはたいそう念入りな気配りをもって覆われたのです。それと同時に，代父と乳母はろうそくを消して，立ち去り，部屋のドアを閉めたのです。それから，未亡人は顔から仮面を外しそれを枕元に置いてから，青年に優しく話しかけるのでした。

「あなたの手を伸ばして下さいな。」青年はうやうやしくそうしました。そして，女性の美しい手の柔かさと繊細さを感じながら，血液が血管のすべてで躍動するのを感じたのです。そして，彼女が何を言おうとするのかと待ったのです。

彼女が言うのでした。「わたしの瞳よりも大切なあなた，あなたをうちがここに連れ出させたことにたいそう驚かれたでしょうね。でもうちの召使いが理由(わけ)をお話しましたから，驚くのはお止め下さいな。ですから申しておきますが，うちがあなたの節操と，寡黙と，秘密保持をしっかりと確信するまでは，あなたはうちが誰かを知ってはなりません。ですから，あなたがここへどうやっていらしたのかを誰にも告げ口してもらいたくありません。ちょっとでもあなたがそれを洩らしたり，そのことがうちに知れたりしたら，あなたはすぐさま金輪際こちらにいらっしゃれなくなりますわよ。もう一つお願いしたいことは，うちが誰かを知ろうと試みたりさらないことです。このことを守って下されば，うちはずっとあなたのものでいて，あなた以外にほかの男性を決して愛したりはしないつもりで

す。」

　青年はすべてのことを守ると約束しました。しかも，彼女がほかのことを命じてくれれば，やはり従うと約束したのです。それから，彼女は相手に体を委ねました。それで一晩中，両人とも無限の歓びでともに愛を交わし合ったのです。そして青年は相手の女性を好きになり，女性のほうもそれに劣らず青年を満足させましたから，彼らのうちのどちらがより満足したのかはとても言えますまい。

　それから一時して，夜明け前に，代父がやって来ました。そして乳母に灯をつけさせてから，二人とも仮面をつけたまま，青年には服を着させました。未亡人のほうは部屋が開くのが聞こえると，仮面を顔につけ，愛人に向かって言うのでした。

「さあ，あなた。もう起きる時間ですよ。」青年は盛装し，武装して，女性にさようならを言い，代父によりまたも回り道して，やって来た場所へと連れ戻されたのです。そして代父は青年の頭巾を外し，銘々が別の道を辿って帰ったのです。こういうやり方が七年ほど続き，両愛人とも大満足でした。この期間，青年は世界中で一番の幸せ者と思っていたのです。ところが不運なことに，愛人たちが長らく幸せに暮らすのを許さなかったのでして，青年の死によりかくもうまく操縦された愛を切り離してしまったのです。それというのも，悪性の高熱が猛烈にこの紳士を見舞い，医者たちが八方手を尽くしても，いかなる治療を施してもどうにもならなかったからです。それで彼は一週間後に亡くなりました。そのため未亡人の苦しみは計り知れないほど重くて，今なお日夜彼女は苦い涙を流し続けているのです。

ドーニ篇

ONI

第30話 さる男爵が焼きもちをやき，修道士の姿をして自分の妻に告白する。すると妻は夫の裏切りに気づき，とっさに機転をきかせて，夫をばかにし，それで自分は放免される

　この世の（その地名は明かさないでおきます）或る王国で数年前に起きたことです。それはそれは高貴なさる騎士——その王室の筆頭男爵のひとりといってよいでしょう——が，彼の身分に相応の，同じように高貴な血筋を引く，美しくて若い女性を娶りました。そして二人とも幸せを満喫しながら，お互いに抱き合った愛情はあふれるまでに完璧でしたから，王命で遠い国に男爵が出掛けるたびに，いつも帰還したときは悪意（思い込みでほとんど憔悴していました）に捉われていたり，あるいは美しい妻が病気になっているのを見つけたりするのでした。

　さて，そういう場合の一つでこんなことが起きたのです。つまり，

その男爵が王命で大使として皇帝へ派遣されたのです。そしていつもよりも多く数カ月も滞在して──何か偶然の突発事のせいだったか、あるいは重要な案件を手早く片付けるためだったか、あるいは故意にそうしたのかは分かりません──こんな破目になったのです。つまり、彼の妻はさんざん苦しいため息やうめき声を発した後で、宮中の男たちを凝視したくなったのです。そして、その目が向けられた先は、たまたま彼女を好かなかったようなところでした。そして視線がそのようでしたから、彼女に仕えていたいそう高貴で礼儀正しいひとりの小姓に、いかなる対策も講じようもなく、ひどく恋してしまったのです。

　それで、適当な時を何度も待ってから、自分のこの恋のことを誰にも悟られずに、ある夜彼女に考えが浮かんだのです。ですから、部屋を抜け目なく閉ざし、いく通かの手紙を手渡してもらったり読んでもらったりする振りをして、しかもこういう機会でもって若者に適切だった以上に前を通る危険を冒させるために、片や威儀で飾られ、片や好色に包まれたやり方で、ゼウスをも焦がさせる目つきをして、ときには白くてきゃしゃな胸をさっといくらか開いてまたすぐに閉じたり、または雪より白い脚の或る部分もろとも小さな足をしばしば見せたりしながら、（上の空みたいに）気分一新する素振りをしたり、また何かため息をそういう仕草に伴わせたりして、彼女があまりにも大胆かつ抜け目なく実行したため、若者は半ば怖くなって言うのでした。

　「お願いですから奥方さま、ぼくの若さに同情して下さいまし。こんな近くにぼくを引きとめられると、ぼくの心は苦しみではり裂

けてしまいますから。」

　この言葉に，繊細な雪花石膏(アラバスター)のような胸の中に閉ざされていた燃える恋の炎が彼女の顔に火花を発散させたため，全身に火がつき，さながら燦然たる太陽みたいになりました。そして，彼の手を取ったのですが，その手はダイアモンドでも溶かすほどだったのです。そしていろいろ話し合ったり，固い約束をした後で，何たることか！　どんな愛人をも欲望で破壊してしまうあの快楽の実を摘んでしまったのです。

　二人が大きな喜びをもって幸せに愛を満喫しながら幾日も経過してからのことですが，新たな事件に二人は襲われたのです。ことの次第はこうでした。夫のごく親密な（兄弟みたいだと思われていました）或る男爵が，彼のために宮殿のドアが閉まっていなくて，むしろ尊敬され大事にされていたため，貴婦人にしばしば取り入ったり敬意を表したりする慣しになっていたのです。その朝は，時間も経っておりましたので，誰からも妨げられることなく，（不運なことに開け放れていた）部屋の中にまで入ったのです。いつものように，いかなる邪魔にもなるまいと信じていたからです。

　若夫人と美男の小姓はこの上なく楽しい気晴らしの後，こういう場合によくありがちなようにぐっすりと熟睡していました。それで男爵は夫人のほうは見ないで，いつにない勇気を発揮して，ベッドのカーテンの端を上げました。そして，女性の行為と若者の慢心に気づき，（旦那さんへの愛着があったものですから）一瞬の間に叫ばずにはおれませんでした。

　「ああ，何と罪深い女め！　真面目な夫に対しての振る舞いがこ

れなのか？ ああ，青春の放埓行為よ！ これはいったい全体何事か？」そのほかいろいろとさんざんな御託を並べたのです。

この叫び声で二人の愛人は目を覚まし，新たに持ち上がった一件に驚き，熱い涙や切羽詰ったお願いで伏して頼んだりして，神にご加護を乞うたり，どんな厳しい心をも打ち砕くほどさんざんしゃくり上げたりするほかには手の施しようがありませんでした。

男爵は石ではなく肉身でできていましたから，一辺に一本の矢で二つの打撃を蒙ったのです。一つは憐みと同情，もう一つは愛と淫欲です。そしていろいろと話し合ってから，この小姓が幸せに満喫している恵みをときどき御裾分けしてもらうという条件で決着したのです。こうして女性は満足しましたし，この男爵はおだやかになり，そして小姓は陽々として，彼らは来る日も来る日も人のあらゆる歓びを超えた至福を満喫したのでした。

でも満足する者たちの敵たる運命は，長らく幸運を同じ状態に引き止めることができませんから，第一の男と第二の男を不如意にし，お互いを不快にしただけでなく，さらにそこに第三の最悪の男を付け足してしまったのです。この男というのは，夫の補助司祭で，かなり立派な体をした修道士でしたが，この男はいつも控えの間を通って秘儀を授けに来ていたのです。ところが通路が閉ざされている上，お勤めの時間に遅刻したため，いつもの慢心から秘密の階段を通ってそこに到着したのです。そして，控えの間に入る戸口に何回も耳をつけたり，何度も往復したりしている内に，とうとうドアが開いていながら，うまく半開き状態になったのです。それで手でドアをそっと少し開けることにより，慣染みの男爵が奥方から手厚

く歓迎されて横たわり，彼女のすべての欲求を満喫していることが分かったのです。

そして修道士もそういう行程を何とかしてやりたくなり，こういうことで取るべき手筈をあれこれ考えたのです。そこで男爵がベッドを降り，部屋を立ち去るや，修道士はすぐさまマダムのベッドに近づき，言ったのです。

「奥様，私はずっと前からあなたのご主人である敬愛すべき男爵にお仕えしております。そして私がご主人にご奉仕してきたのも，あなたの天使みたいなお顔や，美しい目のまばゆく輝く光に認められる素晴らしさがあればこそだったのです。しかも，私があなたに抱く愛情は際限がありませんから，自分の修道会も身分も無視してきましたし，あなたの閃光の熱気でひどくやられたため，何度となくあらぬ道に誘惑されて，ほとんど自殺しかけてきたのです。そしてこういうときにもしっかりと熟慮してきたため，自分で非道な行為を実行する間がありませんでした。ところが，私の激しくかつ身の毛のよだつ意図を見て取った愛神(アモル)が，この私の慕情の暗闇にいくらか情けの光を注いでくれたのです。そしてまさしくこのせいで，私は自分の救いに必要であるものをこの自分の目で見てしまったのです。」

そしてここでびっくり仰天した夫人に対して，修道士は委細を語り，多くの言葉で彼女にはっきりと示したのでした——もしそういうことで彼に同意しなければ，彼女がどれほど損害を蒙り，どれほど恥辱を負うことになるかということを。また他方では，忠実な沈黙，永久の平安，そして静かな休息を提示したのです。それでとう

とう，彼女は修道士に命を託してしまい，彼女本人と彼女の男爵の命も等しく救ったのでした。

こうして，哀れな夫人は心配や恐怖と，それを秘密にしておくという約束との間を揺れ動いた末に，はなはだ不快かつ苦痛ながらも，一度限りでこの不名誉な欲望に同意したのです。そして修道士はことのすべて成し終えてから部屋を立ち去りました。

立派な旦那は，使節の期間を終えて，王の許に戻り，帰宅してみると，夫人がいつもと違い，健康なだけでなく，陽気で，はるかに美しくなり，良好な状態になっていました。それでこのことにたいそう驚いたのです。そこでこの原因はいったいどこに由来するのかと幾度も想像しながら，これほど新たな出来事をどうしても見つからず，知りもしないまま，いろいろそれを探ろうと試みました。その方法も全く役立たなくて，あまり合理的ではないやり方でそういう一件を明らかにしたり，また自身が信じてきたことが本当かどうかを納得するように努めたのでした。

さて，男たちが告解師の胸に秘密の最高の部分を打ち明ける時間が来ましたので，例の男爵は夫人がいつも告解していた有能な神父を見つけに行ったのです。そして，まずは祈祷をし，次に自らの権威と力を発揮して，神父に衣服と場所を譲るようにさせたのです。さて，夫人が召使い女たちと一緒に朝早くそこに出掛け，そしてうやうやしくひざまづきながら，犯した罪の赦しを乞い始めたのです。そして，結婚の祈りに達すると，猛烈に泣き出したのです。告解師に理由を訊かれましたが，罪を赦すと言われて安心し，自分にとても親しくしている立派な一小姓と恋に陥ってしまったことを告解師に

告げたのです。その一件からさらにかつて前代未聞の，より新しい，より酷い事件が発生したことを。そしてこう言ってから，新たにより烈しく泣き出しました。

男爵のほうは，この最初の傷を負うて，突き止めるべきではなかったことや，突き止めたくなかったようなことを確かめるために，怒りに駆られてほとんど正体をばらすところでした。でも，その先を聞きたくなって，優しい言葉で彼女をなだめて，その罪を簡単に赦してやったのです。すると夫人は続けて言うのでした。

「神父さま，小姓の後で，彼の同意のもとに——と申しますのも，ほかにしようがなかったからですが——，むしろ已むなく罪を犯しましたし，（主よお赦しあれ）私は高貴な男爵が欲しただけ毎度肉体を許すことに同意せざるを得なかったのです。そしてこの過ちの後で，最近ひどく残念なことに，わが意に反して無理矢理私はいまいましい修道士の餌食にされてしまったのです。神よ，彼を罰し給え！ 私は彼が修道服を着ているのを見たなら，世界中のあらゆる不幸が彼に降りかかって欲しいです」。

そして罪の悔しさと被害の苦しみから，彼女は猛烈なしゃっくりに襲われて，これ以上はもうどうしても話すことができませんでした。夫は分別心以上に苦しみ，この新たな一件で狂気に襲われ，驚きの余り茫然自失して，頭巾を取り去り，とっさに，中で告解師たちが並んでいる格子窓を開けて，怒鳴りつけたのです。

「さては極悪女め，貴様は日々を無駄にしなかったんだな。貴様は日々を虚しく過ごしはしなかったんだな。そんなにも不正に，そんなにもみだらに過ごしたんだからな！」

ここで，こんな事件に陥った場合のすべての女性のことを想像してみて下さい。罪を犯した女の苦しみがどういうものだったかを。ばれてしまい，言いわけ手段がひとつも見つからずに，彼女はほとんど気絶しそうでした——それも過ぎ去った事件のせいというよりも，新たに降りかかった現在の一件のせいだったのです。

　それでも，神は夫人の働いた裏切り行為を罰そうと欲し給いて，彼女に徳よりも力を授けられたのでした。そして怒り狂った夫に対して目をつり上げながら，賢いやり方で（さながら彼女は新たな夢から目覚めたかのように）ひどい目つきで怒鳴ったのです。

　「おお，何と高貴な騎士よ！　何と立派な血統の殿方よ！　あなたは王家に仕える男爵になったのに！　おお，私の不幸な運命よ！　私はあなたの胸に宿っている二つの卑劣な魂の内のどちらに奪われたのか分からないわ。あなたの善良な夫人があなた本人に犯罪を働いていると想像しておられるのか，それとも，知性の愚かさというよりも，乏しい分別の狂乱に引きずられてこんな端ない服装に身をやつしておられるのかが。今まではあなたが探し求めてきた賞をあなたが受け取られたことに私は大満足です。実のところ，私はあなたがうちに用いた言葉をあなたに対して用いたくはありません——あなたの愚鈍さをあなたから隠しておき，また私の善良さをあなたには明かさないでおきます。ねえ，あなたは分別をなくしたのですか？　あなたは王の小姓ではないのですか？　あなたは男爵ではないのですか？　今はあなたは忌わしい修道士になってしまわれたのではないですか？　どちらの小姓なの？　どちらの男爵なの？　あなた以外のどの修道士が私と関係したというのです？　あ

なたは脳天が腐っていることが分からないの？　私はこんな辱しいことや，わが身をあなたから疑われて，わが目を頭から引き抜き，こんなひどい見せ物を見ないですむようになりたい位だわ。賢明なお方よ，どうかこんな恐ろしい疑念を打ち捨てて，修道服を着用するなどという，ばかげた恥ずべきやり方を隠すように努めなさい。私は神かけて，あなたの面前にひざまづくことはできません。この一件にひどく私の心は傷つき苦しいのよ」。

　そう言って立ち上がりながら，顔中に困惑をみなぎらせ，それ以上言葉を発しないで，召使い女たちの許に戻ったのです。男爵は自分の狂気を発見し，立派な夫人の言葉を固く信じて，犯罪を隠すよりも，自らのしくじりを直すことに努めたのでした。

第89話　さるお人よしの学生がボローニャで先生の学者から愛する術を学び、同じ学者の奥さんとその素敵な実験をする

　ボローニャにひとりのたいそうお人よしの学生がいました。彼は勉強して医学博士になったのです。それから、旅立とうとしていたものですから、学生に博士号を授与したその医者は、休暇までボローニャに滞在してくれるよう頼んだのです。「その間に僕はどうしたらよいでしょう？」と若者が尋ねました。「君は医学博士になったのだから、何かほかの術を学ぶがよかろう」。「僕はこの術ができるようになれば、恋に陥りたいです」。「（相手をばかだと思って）その術なら儂は医学以上に完璧な名人じゃぞ」。

　「それじゃ先生、最初の手ほどきをして下さい」。「まず朝早く教会に出掛けるのじゃ。そしてそこで君の気に入った女を真剣に、厚かましい目つきで、哀れをそそる仕草をしながら見つめるのじゃ。いくらかため息をついたり、また相手の女性のまつ毛の向きに応じて、苦しみと喜びを同時に表わしたりしなさい」。

　この初回のレッスンに若者はたいそう満足しました。そして即刻先頭切って実行したのです。たまたまこの医者の奥方が祭日に出掛けました。しかも彼女はやや淫(みだ)らで、胸が豊満で、小柄だったため、若者の目についたのです。彼は誰の奥さんであるかも知らないで、本を開くように取りかかったのです。そしてそのように懸命に努めたため、奥さんは彼を勇気づけたのです。

　こうして翌朝はレッスンに戻ると、師匠に上首尾に行ったことを

報告し，褒められたのです。一つのレッスンを終えると，次々に進行し，とうとう最後の終わりに到達しました。師匠も多くの徴候から妻のことをすでに疑っていましたから，最後に到達すると，こう言ったのです。君が彼女のところに行くときには儂に教えておくれ」。若者は時間がくると，そのようにしました。そして師匠も若者の後をついて行き，自分の妻と自分の家のほうに向かおうとするのを見たのです。それで彼を中に入らせてから，ほどなくドアの鉄輪を激しくノックし始めたのです。この物音を聞いて，妻は愛人を白い布袋の中にす早く隠しました。医者はドアを開け，優しい素振りで，無言のまま，あたり一面をつぶさに探し始め，心の中では若者を殺してやろうと決めていました。でもどうしても彼を発見できません。それで，半ば夢でも見たのだと思い込み，学校に戻り，出入口を見誤って取り違えたのだと確信したのです。

そして翌朝，学生は愛人から心地よく迎えられたかどうかを尋ねられると，最高の感動の喜びと大満足をもって一切を師匠に語ったのです。師匠は知ったり確かめたりしながら，さらに学生に訊いたのです。「いつ戻るのかい？」「今晩，必ず」と学生は答えるのでした，「彼女のところに行きます」。師匠が「また儂を呼んでくれるかい？」と訊くと，「喜んで」と答えるのでした。

時間がくると，学生は医者を呼び，そして奥さんのところに戻りました。師匠は近づくにつれて，自分の玄関だとはっきり分かりましたので，二人が床入りするのを待てずに，すぐさまコツコツとドアの鉄輪を叩いたのです。妻は学生を隠す間もなくて，入口のドアの後ろに学生を置き，言うのでした。「うちの主人が中に入ったら，

すぐさま外へ出なさい」。

　そして，大声を立てながらドアを開け，夫を抱擁し，その目の視力をふさいでしまったのです。この瞬間に，愛人は立ち去りました。夫は大声を張り上げたり，あちこちうろつきながら，家中を探し回りました。やり残しのところが全くないぐらいにしても，学生を見つけることはできず，絶望に駆られながら，立ち去りました。

　学生のほうは警戒しながら帰宅し，深く満足しながらその夜は眠ったのでした。そして翌日，医者に一部始終を報告したのです。師匠の心は胸の中で凍りつき，帰宅しました。悩みに駆られながらベッドに就いてしまい，そのため，いつものように，学生たちが見舞いにやって来ました。彼らは師匠の苦しみの原因が分からず，辛抱して下さい，としか師匠に言う言葉がありませんでした。

　これらの学生の間に例の学生も一度姿を現わしました。そして師匠を見，奥さんのことを知り，この家も自分は熟知していたため，びっくり仰天したのでした。すると，師匠は両人を前に言うのでした。

　「レミージョ，儂は他人に与えるべき以上の行き届いた助言を君に与えてしまった。だから，君はもっと真剣になって，妻を貰い，大切にし給え。そして儂の家や土地からこういう思い出とともに立ち去るがよかろう。君は儂に損害を与えた上で，愛する術を十分に学んだのだからな」。

フィレンツオーラ篇

IRENZUOLA

第2話 フルヴィオがティーゴリで恋に陥る。女装して恋人の家に入る。彼女は相手が男性だと見破り,うまく仕組まれた冒険を享楽する。そして合意の下,一緒に住む内に,夫もフルヴィオが男性だと気づく。その言葉やその友人の言葉で,彼が女装するようになったのは自分の家の中でのことだ,と思い込む。そして,男の子どもをつくるために,彼を家の中で同じように奉仕させておく

かつてラテン人の最古の町ティーゴリに,チェッカントニオ・フォルナーリという貴族がおりました。彼はほかの男たちがいろいろと浮き名を流すのが常であるのに,妻をもらおうと考えたのです。そして年配者の習慣に従い,若くて美しい女性でなければ,娶ろう

とはしませんでした。そのとおりに事は成就しました。コロナーティ家のひとりで、ジュストなる者はその上、相当な金持ちで、大勢の娘で圧迫されており、法外な持参金から逃がれるために、美しくて優雅なひとりの娘を彼に差し出したのです。彼女はぼけ老人と結婚させられ、しかも長い間切望してきたいろいろの楽しみを奪われて、自分の家や、父親の愛情や、母親の愛情を放棄することにひどくうろたえました。そして、老いぼれ夫のよだれや、せきや、その他の戦利品にとうとううんざりしたために、何か対策を講じようと考えたのです。そして覚悟を決めて、チャンスが訪れるたびに、自分の若さの欲求にうまく対処してくれるような誰かをつかまえることにしたのですが、これは父親本人でもどうする術(すべ)も知らなかったのです。

その考えにはなはだうまい（彼女本人もどう求めてよいか分からなかったような）幸運が向いてきたのです。実は或る夏、フルヴィオというローマの青年が娯楽のために、メニコ・コーシャという友人と一緒にティーゴリにやって来ていて、この若い女性を何回も目にしたのです。そして、彼にはその女性が——実際にもそうでしたが——美人に見えたため、激しく恋してしまったのです。それでこの恋をかのメニコに話して、できるだけ最善を尽くすようお願いしたのです。

メニコはどんな面白いことにも手を出す男でしたから、あれこれ言い返すことなく、喜んでやって上げようと応じたのです。ですから、何事であれ、彼の意見では、やり遂げようと思ったときには、好きなようにその少女と一緒になれるようにするよう彼を励まし

のでした。

　ご存知のとおり，フルヴィオはこういうことしか望みませんでしたから，すぐに言うのでした——明日には戻って来てくれ，と。するとすぐメニコは答えて言いました——「何ごとでも成就するのはたやすいよ，ただしあまり急かなければ，あんたの悩みに必要な物を整えてくれようぜ」。

　そしてそれからメニコは続けたのです。「僕の聞いたところでは，きみの恋している女性の夫は14・5歳の少女を探している。彼女に家事手伝いさせておき，少ししてから，ローマの慣習に従い，彼女を結婚させるのだよ。それで僕が考えたんだが，君がこの夫のところに赴き，君の好きなだけずっと一緒にいてはどうか，とね。やり方をちょっと聞いておくれ。ここタリアコッツォに隣人がいるのだが，彼は君も知ってのとおり，僕の親友で，何かとときおりサーヴィスしてくれている。彼が僕と昨日の朝話をしていて，どういう意図なのかは分からないのだが，僕にこう言ったのさ。あの老人のために若い女を見つける仕事を頼まれたというんだ。それで数日の内に彼の家に出向き，女性を見つけて彼のところに一緒に連れを見つけるため，どうしたものかと考え込んでいたのだ，とのこと。この男は貧乏ながら，正直者には喜んで頼み事を聞き入れるんだ。だから，少しばかり飲み物でも与えてやれば，僕らの望んでいることを何でもやってくれることは全然疑いない。で，この男がタリアコッツォに赴いた振りをするのさ。そこで20日間か一カ月間留まって，帰ってきてから，君を田舎娘のひとりに変装させ，それで君は彼のさる親戚なのだと見せかけて，君は恋い焦がれている夫人の家

に入り込めるよ。もし君が利益を実行に移すだけの勇気がなければ，後で自分自身で苦しむだけだろうよ。しかもこういうことの助けになるかも知れないが，君は肌が白いし，十歳代のひげも全然ないし，女みたいな顔つきだ。挙げ句は，君も知ってのとおり，大勢の者が君は男装した女だと思っている。しかも，君の乳母はあの地方の出だったから，あそこの田舎者たちの習慣にうまく合わせて諜れるはずだ」。

恋に陥った哀れな男はすべてのことに同意しましたし，こんなことが実現するのは千年もかかると思っていたものですからわくわくしたのでした。それどころか，もう彼女の傍に一緒に居て，いろいろとその要望を叶えるのを手伝うことをもくろんだのです。そして想像力をめぐらしたために，そうなることにすっかり満足していましたし，まるで自分が本当にそうなったかのようだったのです。ですから，少しもためらうことなく，例の村人に会いました。村人はすぐさま万事に満足しましたので，成さるべきことが指図されたのです。

それから，一カ月もしない内に——それ以上引き延ばさないで——フルヴィオはさる夫人の家にその若い侍女として入り込みました。そして懸命に尽くしたため，すぐさまラヴィーニャ（この若夫人はこう呼ばれていたのです）ばかりか，一家全員が彼（女）をすっかり好きになりました。彼はルチーアという名前で新参の侍女に収まり，こうして住み込みながら，若夫人のベッドを整える機会を待っていました。折しもチェッカントニオは何日間かローマに出張することになったのです。

するとラヴィーニャは独りぼっちになったため，ルチーアに一緒に眠ってもらいたいと考えたのです。そして，二人が初夜に就寝すると，一方は思いもしなかった冒険にすっかり満足して，他方が眠ってしまうのが千秋のように長く思われるのでした。相手が眠っている間にこれまでの苦労の報酬を受け取るためです。奥方のほうは旦那よりもうまく皮膜の粉末を振り落としてくれる誰かをおそらく空想していたためか，侍女をしきりに抱いて接吻しだしたのです。そして戯れながらだんだんとエスカレートしていく内に，彼女は両手を男女の区別の分かる箇所に置いたのです。そして侍女が見かけどおりの女ではないと分かって，ひどくびっくりしたのですが，その驚きようと言えば，草かごの下に突如蛇を見つけたときにとっさに手を引っ込めるのと変わりませんでした。

　ルチーアが何も言わず，何もしないでこの一件の顛末を待っていますと，ラヴィーニャは自分がどうかしたのではないかと疑いながら，肝をつぶしたかのように彼(女)の顔をじっと見つめだしたのです。でもやはり彼(女)がルチーアなのを見て，何も言おうとはしないで，自分に思われたことがひょっとして本当ではなかったのではないかと疑い，もう一度ひどく驚かされたところに手をかざしたのです。そして，初回に見つけたものを再発見して，自分が眠っているのか，目覚めているのかどっちつかずの有様でした。それから，触れるだけではひょっとして騙されたのかも知れないと思い，ベッドの毛布を持ち上げて，両目で内部の出来事をすっかり見たくなったのです。

　すると，彼女は片手で触れたものを両目で見たばかりか，男の形

をした雪の塊が瑞々しいバラ色にすっかり染まっているのを発見したのです。そのため彼女はひどい驚きを成り行きにまかせたまま，きっと青春時代を満喫できるように大変な変化が奇跡的に勃発したのだ，と自分で信じ込まざるを得なかったのです。

そこで，大胆不敵にも彼女は彼(女)に向かって言ったのです。「今夜この目にしたこれはいったい何なの？ あんたは少し前には女だったのに，今は男になったじゃない！ どうしてこんなことになったの？ うちは思い違いしているのか知ら，それともあんたは何か悪霊に取りつかれて，今夜ルチーアに代わって，悪い誘惑を働くためにうちの前に現われたのか知ら。もちろん，もちろん，この一件がどうなっているのかうちは調べてみなくちゃならないわ」。

そしてこう言いながら，彼(女)を下にして，熱心な若い女性が時節以前に発育した若鶏に対してよく善処しているあの冗談を働いたのです。そしてこのようにして，彼(女)が取りつかれた霊ではないこと，また自分が思い違いしていたのでもないことが判明したのです。このことから，彼(女)はみなさんご自身でもご想像できるあの慰めを得たのでした。

でも彼女は一回でも，三回でもまだそのことがはっきりしたとは思わないで頂きたい。なにしろ私は，証言できるのですが，彼女はそれを本当に霊の仕業ではないかと疑っていたにせよ，六回目にやっと事の次第がはっきりしたのです。これで彼女は満足したものですから，行為を談話に移し変えて，どうしてこういうことになったのかを言ってくれるように優しい言葉で頼み始めたのです。するとルチーアが自分が恋に陥った初日からそのときに至るまでの経緯

をすべて物語ったものですから，そのことにラヴィーニャはこの外に満足し，自分がこれほど見事な若者に愛されたこと，そのために彼が恋ゆえにあまたの不自由や危険をはねつけてきたのだということに気づいたのでした。

そしてあれやこれやの気晴らし話が進むうちに，おそらくさらに七回目の交接に達したころに，二人が起き上がろうとすると，陽の光が窓のすき間から射し込んでいました。そしてルチーアが日中，仲間のいる前では女に留まり，それから夜とか，一対一で一緒にくつろいで居るときには，男に戻るようにと指図してから，二人は上機嫌で部屋を出たのでした。

この聖なる合意を続行しながら，二人は家の誰にも気づかれることなく数カ月間も過ごしたのです。

これは数年も続いたことでしょうが，なにせチェッカントニオは前にもお話しましたように，相当に年寄りでしたし，自分のロバに穀物を与えるのもいやいやながら一カ月に一度だったのです。ところがこのルチーアが家を行き来するのを見たり，かわいらしく思われたりして，彼女の挽き臼(うす)に体細胞を排泄しようと目論み，幾度もちょっかいを掛けたのです。それで彼女はいつか何かスキャンダルが生じはしまいかと思って，ラヴィーニャに，神かけて，こんな煩わしいことを振り落として欲しいと頼み込んだのです。

さて，彼女がハエみたいに夫をすぐ摑えたか，夫に出くわしたしょっぱなに盲人みたいな唄をうたったかは言わずにおきます。ただちに言っておきますと，彼女はまるで旦那みたいに夫に言いつけたのです。

「まあ，何と大胆な歩兵さんね，あんたは騎兵にでもなったり，証拠でも見せたいというの？　若くてたくましい男ならまだしも，あんたは墓に近づいていて，毎日判決を待っている身でありながら，うちの顔に泥を塗りたいのですか？　ばか老人よ，罪があんたを釈放したように，あんたも罪を放置しなさい。あんたがはねだったとしても，もうダマスカス製の針の先も作れぬことに気づかないの？　パンよりはましなこの貧乏な少女をあんたが誘惑したときにはさぞかしあんたは立派な面目を施したことでしょうよ。以前には，立派な持参金をつけてやったり，立派な亭主を見つけてやったりするんだ，とうちに言わせたくせに！　ああ，彼女の両親はどれほど喜ぶことか！　彼女の親戚たちもどんなに嬉しがることか！　オオカミの手に小羊をまかせたのだと知ることになるのだもの。極悪人よ，何とか言いなさい。誰かがあんたのようなことをしたとしたら，どう思うの？　うちにはほんのセレナーデだけ聴かせておきながら，あんたはこのごろ極楽の騒ぎを起こしにかかったじゃない？　うちが言わんとしたことが分かる？　あんたがほかのことに夢中にならないのなら，これまではうちは考えてもみなかったけれど，こんなことも考えてみなくてはなるまいて。ほんとに，ほんとに，きっとあんたもいつかきっとお笑いになるわ！　見ていてごらんなさい，あんたが求めようとしていることを，このうちが見させてあげるわよ。うちの立派な振舞い方が役に立たぬ以上は，悪い振舞い方が役立つかどうか見たいものだわ。どうせこの裏切りの浮世じゃ，良いことを得たければ，悪事を働かなくちゃならないのよ」。

しかもこの最後の言葉に無理して押し出した少々の涙をも付け加

えて，お人よしの老人を懸命に押し止どめましたから，老人は許しを乞い，侍女にもう何も言わないと約束したのです。でも，この約束はほとんど効き目がなかったのです。なにしろ涙や頼みの目的が偽りだったとすれば，これらに動かされた老人の同情も偽りだったからです。

　それからしばらくして，ラヴィーニャはトバルドの人びとが家で挙げた結婚式に行くことになり，ルチーアはあまり気分がよくなかったものですから，家に残しておきました。さて，かの大胆な老人が家のどの部分かは分かりませんが，彼女が何も気づけぬほど眠っているのを見つけて，自らの欲望を果たすために彼女のスカートをめくり上げると，自分が求めていないものを見つけたのです。

　こんなものですっかり仰天して，しばらくはのろまみたいになりました。頭の中では無数の悪い考えをあれこれときつく巻きつけながら，この上なく乱暴な言葉で，これはいったいどうしたことだとルチーアに詰問し始めたのです。彼女はさんざん脅迫されたり，奇異な言葉のせいで初めは恐怖でひどく身震いしたのですが，そういうことが発生したときのために少し前にラヴィーニャとともに何と口実を考えてあったのです。それに，この老人はお人よしで，嘘でも本当みたいにすぐ信じ込むことや，言葉で示すほど行為では怖くはないことも知っていたのです。ですから，少しもうろたえずに，むしろ興奮した目に涙を見せながら，とにかく老人に事情を聴いてもらいたいと頼み込んだのです。そして，彼からのやや優しい言葉に安心した彼(女)は，声を震わせ，目を地面に釘付けにしたまま，このように話し始めたのです。

「旦那さま，お聞き下さい，私がこの家に参りましたときには（私が足を踏み入れたあの時こそいまいましいです。こんないかがわしいことが振りかかる破目になったのですから）私は現在のような姿ではなかったんです。ところが三カ月前から（おお，神よ，私の人生はなんと痛ましいことか！）こんなものが私に生じたのです。ある日洗濯をしていて，ひどい疲れを耐え忍んだのです。初めは小さな小さなものが出始めたのですが，それから少しずつだんだんと大きくなっていき，とうとうご覧のとおりの結果になったんです。で，最近あなたのお孫さんの，あの年長の方がこれと同じものを持っているのを見かけなかったとしたら，私は何か悪いはれ物でもできたと思い込んだことでしょう。これがしょっちゅう私にはとても邪魔になるけど，どうしてよいか分からないのです。それをひどく恥じてきましたし，今なおひどく恥じていますから，どなたにも何も言おうとはせずにきたのです。私は過失も罪も犯しはしなかったのですから，神さまとオリーヴの聖母マリアさまの愛にかけて，お願いします。どうか私の一件を哀れんで下さいますように，そして世間の誰にもこんなことを内緒にしておいて下さいませ。私はお約束します，哀れな少女の，このようなけがらわしいことが世間に知れたなら，私はむしろ死んでしまいたいです」。

お人良しの老人はこういうことに必要なだけの知識がなかったものですから，ルチーアが涙をさめざめと流すのを見たり，理由をいかにも真しやかに並べ立てるのを聴いていて，彼（女）が本当のことを話しているとほとんど信じだしたのでした。それでも，これはたいそうなことに思われましたし，ラヴィーニャがこの娘にいつもし

てやっていた愛撫のことを頭の中で思いめぐらせては，何か悪企みがありはしないか，また逆に，ラヴィーニャはこのことに気づいていながら，亭主を侮辱しつつ，上出来の僥倖を享楽していたのではないかと疑ったのです。そのため，なお一層ルチーアにきつく迫って，ラヴィーニャがこのことに少しも気づいていないのかどうかと問い糺(ただ)したのです。するともう事態がうまく進んでいるように思われたため，彼(女)はさらに大胆になって，答えたのです。

「神のご加護がありますように。それどころかそんなことには，私は悪運を避けるようにいつも身を遠ざけてきたのです。もう一度申しますが，世間の誰かがこんなことを知ったなら，いっそのこと死んでしまいたいです。もし神さまがこんな不幸から私を助けて下さるのなら，あなたさま以外には，知っている人はいないはずです。神さまは私のこんな不幸を望まれてから，私が元通りになるよう欲して下さればよいのに。だって，実を申せば，私はあまりにも激しい苦痛に悩んできましたから，もうすぐ死んでしまうのではないかと確信しているのです。だって，あなたさまがご存知なのだと思うと，お目にかかるたびに私は恥かしくて死にそうです。しかも口では言えませんが両脚の間にこんなものがぶら下がっているのを感じるのは，私にはこの上なく迷惑なことに思われるのです」。

「さあ，娘めっこよ」とすっかり優しい気持ちになって続けるのでした，「このまま，誰にも何も言わないでおくのじゃ。お前の治る何か薬が見つかるかも知れんから。儂に考えさせてくれ。でも取りわけ奥さまには何も言わぬことじゃ」。そしてこうしてもう無言のまま，頭は混乱したまま，侍女から立ち去り，この土地のコンソ

ロ先生という医者とか,そのほか私の知らぬほかの人を見つけて,このことを頼みに行ったのです。

　このさなかに,ラヴィーニャは結婚式も終わったので,家に戻りました。そしてルチーアからことの成り行きがどうなったかを知り,彼女の機嫌が悪くなったかどうかは,読者諸氏の判断にお委せしたいと思います。私が思うのに,この小咄はこれほどの年寄りの夫を持つことになると言い聞かされたときにそうだったより以上に悲しかったことでしょう。

　チェッカントニオは先に申し上げたように,この件について問い合わせるべく出かけて,あれやこれやいろいろの人から情報を得ようとしたのですが,これまで以上に混乱して帰宅したのでした。ですから,その晩は誰にも何も言わずに,翌朝にはローマに出発し,もっとうまく診断してくれそうな誰か立派な人物を探すことに決めました。そして次の日になり,朝早く馬に乗って,ローマへと赴きました。友人の家で馬を降り,少し朝食を済ませてから,大学へ出かけました。そこなら,耳の中のこんなノミを追い払う*すべを知っている人がよそよりもうまく見つかると考えたからです。

　すると幸運にも,彼はルチーアを自分の家に入れさせてくれた当の友人に鉢合わせしたのです。その友人は暇つぶしに幾度かその場所に出入りするのを習慣にしていたのです。しかも友人が立派な服を着ており,大勢に尊敬されているのを見て,老人はこれはお偉方に違いないと思ったのです。そこで彼をかたわらに呼んで,こっそ

---

*　「疑いをはらす」の意。

りと自分の要件を尋ね始めたのです。メニコとしては、この老人をよく知り尽くしていたため、すぐに要件に気づき、内心笑いながら言うのでした。

「あなたは良い宿にお泊りだ」。それから長談義してから、そういうことはありうるばかりか、ほかにもよく起きたのだ、とかなりよく分からせたのです。そして、そのことをよりたやすく信じこませる口実として、老人をヤコポ・ディ・ジュンタという文具書籍店に連れて行き、イタリア語版プリニウスを買い与えた上で、第七巻第三章に書かれていることを示したのです。この著者はそういう事件のことを述べているのです。また、同じくバッティスタ・フルゴーゾが「奇跡」の章の中で書いていることも彼に見せました。こうして心配していた老人の心を落ち着かせましたから、世界中の人がやって来たとしても、そんなことは別のあり様でもありうると信じ込ませることはとてもできなかったことでしょう。

さて、メニコは自分がこれほどうまく面倒に巻き込まれて、しかもそれほどそこから脱出することができなくなったことに気づき、お互いに話し合いました。まず、フルヴィオの不在が自分にとってははなはだ好都合でしたから、老人に対しては、フルヴィオを家から追放しないよう説得にかかったのです。こんなことが起きた家では縁起が良かったために、男の子が生まれてきたり、ほかにもいろいろ笑うほどの良いことが生じたりしたのだから、と。それからまた、老人にしきりにお願いしたのです——もしも今後フルヴィオを追い出したくなったなら、自分のほうへ寄こしてもらいたいこと、自分としては喜んで彼を受け入れるつもりだ、と。そして、メニコ

はあまりにもうまく弁舌を振ったものですから，何千ものフィオリーノ金貨を積まれてもフルヴィオ（ルチーア）を手放しはしなかったでしょう。

　老人はこの偉いお人に感謝し，持ち金をそっくり差し出してから，その人の許から立ち去りました。そして，自分の妻に男子を儲けさせられるかどうかを見るために，ティーゴリに戻るのが彼には千年にも思われたのです。そして老人は帰宅したその夜，全力を尽くしましたし，ルチーアもできる限り，彼の手助けをしましたから，前兆は空しくはなかったのです。そのためラヴィーニャは男児を妊娠したのです。そのおかげで，ルチーアは気に入る限り彼らに仕えました。そしてルチーアは立ち去って後も好きなときに往来しましたし，お人良しの老人はもう何も気にせず，何も感づこうと欲しもしなかったのでした。

第8話　二人の友人の内のひとりが未亡人に恋すると，彼女は彼の持ち物をかすめ取ってから，叩き出す．すると彼は友人の助けをかりて，彼女の好意を取り戻す．彼女が新たな愛人と楽しんでいる間に，元の恋人が両人を殺害する．そして，死刑を申し渡されるのだが，友人により解放されることと相成る

　もうずいぶん前のことですが，フィレンツェに高貴な家柄で大金持の二人の若者がおりました．ひとりはラーポ・トルナクインチ，もうひとりはニッコロ・デリ・アルビーツィと呼ばれていました．二人は幼児期から緊密な友情を結んでいたため，一緒に住まずにはおれないと思われたほどでした．二人がこのように緊密に十年間経過してから，ニッコロの父がこの世を去り，3万ドゥカート以上の財産を残しました．その頃ラーポは自分の仕事で数百ドゥカートを必要としていましたので，ニッコロはそれを要求されるのを待たずに，彼を金銭的に助けたばかりか，事実でも言葉でも自分が彼と財産を共有する主人であることを彼に示したのです．

　あまりにも自由奔放な，当然ながら悪に傾斜した青春や，苦労せずして得られた財産や，あまり誉められない仲間が悪の道に進ませなかったとしたら，真にこれは高貴で立派な心の印と言えましょう．ですから，夜は貧乏人として床に就き，朝には金持ちとして起き上がる人びとの跡を継いで，彼らは少々窮屈な思いをしていましたし，彼らの周囲にはひどく下品な生活を送っている多数の若者がいましたから，どんなに偉い聖者からでも冠を奪い取らせたことでしょう．

あるいは晩餐，あるいは正餐で彼に付き添ったり，あるときはあれこれのお祭りやパーティに彼を連れて行ったり，あれこれの邪悪な売春婦のところに彼を手引きしたりして，気の毒なことに，彼にさんざんお金を使わせたのです。

　友人はたいそう落ち着きのある，たいそう控え目な若者でしたので，こんなことに気づき，心にまで残念に思った者として，毎日彼の背後に立ちながら彼に良いところを思い出させたり，悪事から立ち直らせようとしたのです。そして，お互いに緊密な友情の義務に駆り立てられて，とうとう立派な心遣いをすべて働かせたのです。でも，こうしたすべてのことは無駄だったのです。なにしろ，新しい友だちによる不真面目な快楽や悪い説得のほうが，ラーポの善良な教え諭しよりも力があったからです。悪仲間はラーポのやり方に気づき，ニッコロにラーポの悪口を吐き，あまりにもラーポにけちをつけたため，ニッコロはラーポから離れ始めたのです。そしてとうとう彼から逃亡しだして，ひとりで生活したいという意志を示したのです。ラーポはこのことに気づき，疲れきって，姿を消しました。そして，ほかにどうしようもなくなりましたので，ニッコロを好きなように暮らさせたのです。

　そのため起きたことなのですが，この哀れな若者はやるべきではない人生を送ったために，考えてもみなかったことがすぐさま振りかかりました。というのも，まさに当時のことなのですが，フィレンツェに可愛くて，たいそう人好きのするきれいな若未亡人がおりました。彼女は夫が生きていた時分には，名誉よりも財産のほうを大切にすることに慣れており，どの家系から自分が生まれたかとか，

どういう結婚をしたのかということも（お互いにたいへんな貴族でした）考えないで，若者たちがあまり立派な人柄でなくとも財産家であれば彼らにたやすく愛情を注いでいたのです。このようなわけで，未亡人になってからは，とりも直さず，二人以上の翼をこっそりとむしり取ったのです。それでも，彼女のことをあまり詳しく知らぬ者の前では，ひとりの新しい聖女ブリージダの振りを発揮したのです。

　その彼女の許に第一のニュースとして耳に入ったのは，ニッコロという青年の身分と，彼の暮らしぶりでした。そのためすぐさま彼女は壮大な計画を練ったのです。そして少しばかり彼と親密になる機会を見つけるや，ごく内密ながら，彼に惚れ込んでいる振りを見せだしたのです。それから，ことを次第に増長させて，もう隠してはおれないことを示すために，手紙を書いたり，昼夜を問わず彼をそそのかすために使いを出したりし始めたのです。

　ニッコロに対して，その友人たちが新参の遊び人（ジェルビン）なのだの分からせようとしていたのか，あるいは彼が友人たちと仲よくしていたのかどうかは申し上げません。彼女が彼に好意を抱いていると言ったり，彼にこの新しい恋を褒めそやしたり，彼女を天国に送ったりできた者こそ幸いなれ。そのため，彼は豪勢な晩餐や正餐をしばしば奢っていたのです。そして友だちが彼をあまりに煽て上げたために，彼は彼女がいつでもどこにでもいないと幸せではないか，あるいは悪い仲間たちと彼女の話をするか，という仕儀になっていたのです。

　彼女はやり方をよく知り尽くしていたものですから，思い焦がれていることを自ら示すことにより，彼と二人だけになって，気がつ

くと，すでにほかの多くの男たちとやってきたことを実行していたのです。すでに述べましたとおり，彼女は美人でお世辞がうまく，それに，20年間祭日で積んできたどんな寂しい売春婦よりも，男の気を狂わせる技術をよく心得ていたからです。この世で最良の言葉をつかったり，あるいはもっともつっけんどんな言葉をつかったり，あるいはあんたへの愛のせいでもう生きられない，という振りを装ったり，あるいは新しい恋人で彼に焼きもちを焼かせたり，あるいは自分を妻にしてくれるよう彼に強要したり，あるいはそれから彼をあまり欲しがらなくなったり，あるいは追い出したり，あるいは再び呼び戻したり，あるいは彼の子を孕んだことを示したりしたのです。それでとうとうこの哀れな若者を本人がもうどの世界に居るのかも分からなくなるほどに追い込んでしまったのです。そして，ほかの一切のことが彼の頭から去ってしまい，なすべき仕事を放置したり，新しい友だちも旧友たちもみな見棄てたりしたのです。娯楽，遊び，正餐はすべて，彼女が欲しただけに，そして彼女が命じたとおりに，彼女だけに切りつめられてしまったのです。彼女は鳥というものは皮なめししか必要がないことにすぐ気づいたものですから，ほかの仕事を見棄てて，彼の翼を切ってもう逃げ去ることができぬようにしてしまうことだけに専念したのです。

　そして，瞬く間に彼の翼を刈り込んでしまったのですが，このことは彼の真の友人だったラーポだけを悲しませたばかりか，彼の翼さをはさみで切るために連れ出した気まま暮らしの友だちの心までも苦しめたのです。彼らは若未亡人が彼からかすめ取ったものはそっくり自分たちの財布に入ると思っていたのに，引き抜かれてし

まったからです。

　そうなるのも当然でした。なにしろ，この悪女は狡猾さと術策でもって彼にとうとうとどめを刺し，彼は友だちに正餐とか晩餐をおごれなくなったばかりか，自分だけで生きていける程度のものも残らなかったからです。そしてこういう限界を見るまでに追い込まれて，彼はそのときになって気づいたのです——新しいごろつきどもの甘言よりも，親友のぞんざいな忠告に耳を貸したほうがどれほどましだっただろうということに。しかもこんなことも分かったのです。真剣な愛情からではなく，金銭欲から，他人に体を許すような女たちの愛というものが，悩ましい結末に終わるのだということを。

　ですからルクレーツィア——未亡人がこう呼ばれていたことを私は注意しておこうと思います——はもう彼に財産が無くなり，限度にまで彼を追い込んだのを見て，自分としても偽りの恋に終止符を打っていたのでした。そして彼女が自分のやりたいとおりに振舞いだしたため，彼としても彼女の情熱が今やほとんど燃えてはいないことによく気づけたのです。それに，彼に何にもましていら立たせたことは，この色女に新しい色男がいることに気づいたことです。

　その女はその頃，シモン・ダヴィージなる者が父親ネーリの死去により大金持ちになったのを知り，こういうわけで，彼の欲望をかき立て始めたのです。彼女はニッコロのことをもうすっかり忘れてしまって，シモンに夢中になっていたのです。何と賢くて，抜け目がなく，運のよい若寡婦でしょう！　彼女は目を整えたり，心を鍛えたりするすべをよく心得ていましたから，金銀の輝きに見とれれば見とれるほど，他の男のもつ美に気づきましたし，またお金の音

がする分だけ愛情を感じるようになっていたからです。

　ところで，ニッコロはと言うと，自分の事情が日に日に悪化の一途をたどりましたし，また自分の命より以上に愛していた女からこれほど異常な扱いを受けていると分かったのです。そして，これほど異常な扱いに参るどころか，むしろ日に日に愛情がというよりも，むしろ激怒が増大していったのです。それで昔と同じように彼女と縒（より）を戻そうとしたのですが，やり方が見つからなかったのです。それで怒りと憤慨で一杯になり，ひとりで彼女のことだけを考え込んだり，後悔したりして，どうしてよいか分かりませんでした。それで，彼の状態は哀れそのものだったのです。

　かつての友だちは財産目当てでやって来たものですから，財産とともに去ってしまいました。親戚たちは彼のことを見ようとはせず，隣人たちは彼のことを馬鹿にし，見知らぬ人びとは「よかったね」と言い，債権者たちは彼を追跡しましたが，ルクレーツィアはもう彼のことを気にかけませんでした。そうしたすべてのことを自分自身で何回も考えながら，彼はひどい絶望に追い込まれてしまい，最後の手段として何か変わった死に方でひどい苦しみに終止符を打とうと考えたのです。そしてたぶんこの考えを実行に移したことでしょうが，自分とラーポとの間がごく緊密だった友情のことを考えたり，深い愛情の想い出が自分から消え失せてしまったと確信して，こう考えたのです——ほかのいかなる理由も棚上げして，彼に会いに行き，彼に自分の災難を語り，神かけて彼に赦しを乞うのが良かろう，と。

　そして，こうして何もほかに言わずに，彼に会いに出掛け，考えていたとおりのことをしたのです。ラーポのほうは，もうなすすべ

もなかったとはいえ,よく言われるように,漁夫の利を得させておき,それでも彼に同情を欠かしはしませんでした。彼の言葉からもやはり自分で思っていた以上の大きな没落に陥ったのを見て,たいそう苦しくなりました。そして,思い遣りではなく,助けを必要としているのを知って,優しい言葉で彼にこう話しかけたのです。

「ねえ,ニッコロ。僕は何らの利益もなしに友人に忠告してくれたとき,その助言によく小言を言うような連中みたいなことをしたくはないんだ。こういう連中は自分自身を褒めたり,自分らの思い出を大事にしたがらなかった者を非難したりすることばかりしているように僕には思えるからだ。僕が欲しないようなところへ君を導いたあの道に君が入り込むのを見たとき,僕が君に言葉でもって,親友の義務を果たしたことは知っているよね。今やことは言葉も不足するほどの限度に達しているが,このことに対して同じ義務に欠けることはしたくない。それどころか,君と一緒に誤ったものと思って,その罰を君とともに分け合いたいんだ。たいそう快い罰であるから,僕は友人に僕の心をはっきり示すきっかけをこの目で確かめることになると思っている。こういう義務は讃えられるべきだし,どの場所にあってもいつもいかに推賞するにふさわしいものかということは,これを行った人びとの僅かな数がそれをはっきりと証明している。僕もこういう人びとの仲間に席を占めたいから,言葉は止めて,君とともに行動に戻ることにしたい。だから,僕と一緒に来たまえ」。

そしてもうこれ以上は言わないで,友人の手を取り,自分の家に連れ出したのです。そして,お金を収納していた箱を開けて,自分

が彼をどれほど愛しているかをよく分からせられるぐらいに，ふんだんな量を与えてやったのです。それから，この上なく甘い言葉で友人を慰めて上機嫌にさせ，もし出費で足りなくなっても，必要なだけ何度でも助けてあげるとほのめかしたのです。そして，友人にかくも寛大なプレゼントをし，未来へのかくも洋々たる希望を持たせてから，優しい言葉で友人の過ぎ去った生活を少しばかり非難したり，彼の女ぐせを巧みにとがめたりし始めたのです。でも，その言われた言葉はひどく重圧でしたから，彼女への彼の思いをいきなり解消したどころか，逆に心の内で自らの行為に或る種の飽き飽き感を吹き込み，ある種の恥かしさを掻き立てたものですから，もう意に反して彼女を愛し始ており，もうあの興奮を鎮める機会を欲していたのです。

　しかもあの未亡人は彼が再びこんなに目まぐるしく再び鉄輪をつけた[*1]ことをすぐさま知ると，これは自分に幸運が振りかかったと思い，それを失わせたくなくて，もう一度手紙や人伝てでしばしば彼と連絡を取り始めたため，とうとうまたしても彼女の腕に握り締められざるを得なくなったのです。

　彼女は，彼がこれまでのうちでもっとも美男子だったこと，これまでのうちでもっとも愛していたこと，そして二人の間のすべての出来事は自分のせいではなくて，身内の者――私の知らない，家の下僕――のせいだったこと，しかも彼が彼女に抱いていた愛があまりに激しかったため，健全な目をよく見間違いさせてしまったのだ，

---

*1 「大金持になった」という意。

と言いふくめることにより，本当ではなかったし，本当ではないことでもニッコロに焼もちを焼かせてしまっていたのです。こうして，うまく手足を操るすべを心得ていたものですから，彼女はかの金子の相当な額を彼から巻き上げたのです。

　そして，そっくり巻き上げられてしまうところでしたが，彼女の不運なことに，こんなことが突発したのです。ある夜，彼が彼女の家に居て，情交をすませてから眠っていたとき，彼女はまだ眠らずにいると，ある合図で新しい恋人が彼女の家の傍を通り過ぎるのを感じたのです。彼女は自らの不運のせいで，自分の過失に気づかされたのですが，ニッコロはよく言われているように，彼女にはきちんと杭に繋がれたロバみたいでしたから，彼女は玄関にまで行って，この恋人と少し楽しみたくなったのです。彼女が起き上がり，薄衣を肩に掛け，家の秘密の扉へ忍び足で近づきました。そして扉を開け，たいした障害もなく愛人を家に引き入れたのです。言葉を互いに交わし，言葉から行為に及びましたが，ニッコロが熟睡していることに安心したものですから，両人は必要以上にかなり長く居続けたのです。

　その間にニッコロは目が覚め，ルクレーツィアが傍に見つからなかったものですから，ひどく驚きました。それで彼女を何度か呼んだのですが，返事がないものですから，何か起きたのではないかと疑ったのです。す早く起き上がると，暗闇の中でできるだけうまく服を着て，剣を傍に置き，両名の居たところへそっとやって来たのです。そして，両名のひとりが気づく前に，その目の前に立ったのでした。

　ところで，両名は小麦袋の上に寝そべっていたのですが，これを

見るや、彼はひどい怒りと狂気にたちまち襲われて、自分が何をしようとしているのかを考えずに、剣を手にして、両名の上にうまく一撃を加えたのです。ですから、シモーネの頭はほぼばっさりと切り取られてしまいましたし、未亡人の腕はひどい傷を負ったのです。しかもいら立ちはいや増し、打撃を繰り返しましたから、とうとう彼が見たのは両名が近くに死んで横たわった姿だけになってしまいました。

　一家の者たち全員があまりの騒動に引きつけられてやって来て、恋い焦がれた若未亡人のために号泣し、各人がそれぞれの言い分(コメント)を述べたのです。でも、ニッコロはいまなお自分の過ちに気ずかないで、家を出て、しかも自分では素敵な一撃を加えたように思いつつ、全身怒りで一杯になりながら、血の垂れた剣を手に走りながら、ラーポの家へと向かったのです。やったことを彼と一緒に喜び合いたいと望んでいたのでした。

　でも、バルジェッロ*2の家で取り調べられることとなり、彼がこんな具合に走っているところを見たり、この有様からして、彼が何か犯罪を犯したものと考えて、バルジェッロは彼を捕まえて、すぐに牢屋にぶち込んだのです。ニッコロは何ら苦労をかけず、いかなる拷問にもかけられなくとも、一部始終を白状しました。ですから、殺人犯として、死刑判決を下されたのです。

　しかしながら、かの有能な友人が今こそ友情の偉大さを発揮する秋(とき)だと考えたものですから、親戚や友だち、隅々の裁判官、金銭をもって全力を尽くしたものですから、彼はうまく生きのびて、プー

───────────
*2　警官。

リアのバルレッタへの永久追放に切り換えられたのでした。

　しかもここまでやったことでもラーポには十分ではなかったのです。彼は快い大好きな祖国を後にして，進んで追放処分を受け，友人とともに粗暴な異国に赴き，そこでは彼のために必要とするすべてのことを自分の財産で助けてやったり，途方にくれた心を見捨ててきた文学研究やその他の称賛すべき幾多の課題に振り向けたりして，二人はともに当地の国の王子たちや，とりわけ王の近くでたいそう大切にされたのです。それで王侯たちはフィレンツェの諸侯に連絡しましたから，ニッコロはナポリで好きなように住めたのです。ナポリでは彼が生きた期間ずっと王侯たちはかなりの名誉を守ってくれたのです。そしてニッコロが亡くなると，ラーポはフィレンツェに連れて行かれ，聖ピエル・マッジョーレで名誉ある埋葬がなされました。しかも彼のほかの親戚の傍に，豪華な葬儀をもって葬られたのです。彼はしかも没後，土葬されることを命じていたのです。それというのも，死でさえも二人の体を分かつことはできず，彼らの魂は数々の辛い出来事でさえ互いに切り離すことができなかったからなのです。

グラッツィーニ篇

RAZZINI

(第Ⅱ部) 第9話 ジョルジョ殿の息子ジョルジョの仲間で友人のネーリ・フィリペトリが，自分に保護をまかされていたジョルジョの恋人を汚してしまう。そのためネーリは彼女から追い出されるが，勇気を取り戻す。そしてジョルジョはあとから戻ってきて，この復讐をするためにネーリにいたずらをしかける。それをネーリはうまくかわすのだが，自分の愛した女を永久に失ってしまうことになる

語られた小咄にみんなはたいそう喜び満足しておりました。で，

さんざんな逆境の最中にも実に好都合な方策を講じて解決できた司祭の抜け目のない巧妙さがみんなから高く称えられていますと，今度はチンティアの番がきました。彼女は小咄を語らねばならなくなり，気どった態度でこう語りだしたのです。

「気高いご婦人の皆さま，わたくしは或る小咄をして寛容ながら不思議な事件をお聞かせしたいと思います。それはロンバルディーアの地で実際にあった話なのです」。そして彼女は続けるのでした。

「ロンバルディーアの豊かな大都市ミラノに，裕福な貴族の仲間二人がおりました。そのひとりはネーリ・フィリペトリと言い，もうひとりはジョルジョ殿の息子ジョルジョと呼ばれていました。彼らは互いにとても親交しており，まるで肉親の兄弟みたいでした。たまたま二人とも恋に陥り，しかもそれぞれの恋を幸せにも享受しておりました。お互いに何の隠し立てもすることなく，どんなことでも互いに知っていました。

でもジョルジョはより激しく恋しており，しかも彼が恋したのは貴族の未亡人であったため，より苦労したり危険を犯したりして彼女の所に通っておりました。ネーリのほうはというと職人の娘に恋したため，それほどの困難はありませんでした。さて，ジョルジョが重要な所用でローマまで行ってそこで少なくとも四ないし六カ月間滞在せねばならなくなり，ある夜未亡人と一緒にいるとき，出張についてすべてのことを彼女に伝えたのです。そして，彼女に対して彼への愛情を引き止めておく——彼のほうでも彼女にそうする——ことに満足するように，またときには手紙を寄こしてくれるように，としきりにお願いしたのです。そして，手紙を託すべき相手は，

彼女もジョルジョの親友であることを承知していたネーリだということを明かしたのです。また，彼本人も同じように自分の手で書き認(したた)めて，かのネーリにはこっそりと彼女の家を訪れる方法を教えること，彼女が自分の身代わりに彼を迎え入れ，そしてこれにより彼女自身のことをすべて彼に打ち明ければよい。また，何なりと必要なことがあれば，何でもやってもらうよう彼に頼めばよい，と指示したのです。

未亡人はジョルジョをたいそう愛していましたから，彼が居なくなるのをことのほか悩みながらも，言われたとおり全部やること，ネーリは物語る（つまり，ジョルジョの手紙を読む）ことだけで満足するだろうことを約束したのです。

相方から互いに沢山の言葉が交わされました。そして最後にジョルジョは彼女からいとまごいして，涙ながらに立ち去りました。翌日，出立しなければならなくて，ネーリを傍に呼び出し，未亡人と取り決めたことをいちいち順番に教えたのです。最後に，本人の代わりにうまくやってくれるように，必要とあらば喜んでネーリがジョルジョの代わりをつとめるように，と頼んだのです。ネーリは大満足して，何でも真剣にやることを約束しました。そのために，ジョルジョは未亡人と会うために辿るべき道順を彼に教え，彼と両腕で抱擁し，接吻してから，馬に乗り，ローマへと向かったのです。

ネーリは独りになると，恋人とかなりの間夢中になって楽しんでいました。しかし，初めてジョルジョが手紙を寄こすと，夜中にオレッタ夫人——未亡人はこう呼ばれていたのです——に会いに出かけ，そして友人の手紙を差し出しながら，お互いに儀礼の言葉をい

くらか交わしてから，三晩後に彼女の返事を受け取りに来ます，と告げたのです。そして，かなり長らく彼女の所に留まり，そして，何か彼女の欲しいものはないかと尋ねてから，ネーリは立ち去ったのです。こうして，三・四回往復して，しかも毎回少なくとも二時間ばかり話したり冗談を言ったりして，彼女がことのほか陽気で人好きのすることが分かり，彼に浮気心が芽生えたのです。そして，ジョルジョやほかのことをもはや想い出すことなく，彼女に自分の欲求を叶えさせられるような何か手だてを試そうと考えて，思案するのでした。「思うに，きっとそうに違いないが，彼女が賢ければ，幸運が目の前に置いた恋人を手放しはすまい。でも自分はジョルジョから彼女を盗もうとはしたくない。でも，ジョルジョに全然知られなければ，いかなる無礼も働いたことにはならぬわい」。

こうしてこんな希望を抱きつつ，未亡人を手中にしたものと思い込みながら，ある夜友人ジョルジョからの手紙を持参し，いくらか話し込んでから，自分の心を彼女に打ち明けようと心に決めて，長々と前口上を披瀝したのです。すると，こんなことを聞いた未亡人は貴族でもあり，高貴な心根をしていましたから，声高に答え，憤慨しながら彼に対して，どの罪人にもかつて言われたことのない，最大の，もっとも突出した無礼な言葉を吐いたのです。

そのためネーリは自らの過失を悩み後悔して，彼女に赦しを乞うたり，神かけてジョルジョにはこんなことを書かないように，また彼が戻ったときには二人の以前の友情を破ってしまう原因にもなり，その前に重大な醜聞が簡単に広がりかねないから，そんなことにならぬよう，何ごとも言わないでおくように赦しを願いにかかったの

です。

　未亡人は聡明でしたし，自分にも他人にとっても，こんなことを言い触らせば損害しか生じ得ないと分かっていましたから，きっとそうしますとも，と彼に答えたのです。それというのも相手の悪事がそれに値いしたからではなくて，彼女の名誉と恋人の利益のためになったからです。また，このようなやり方で彼女に対してさらに振舞おうと考えているのであれば，二度と自分の目の前に現われることのないように，とも言いきかせたのです。するとネーリは幾度となく誓約を繰り返し，幾度も赦しを乞うてから，彼女の申し出をたいそう褒め称えたのでした。そしてとうとう彼女と和解したように思えたものですから，神のご加護で彼女の許を去りました。そしてその後はずっと，彼女を賢くて，永遠の恋人と見なしたのです。

　そして彼が彼女に手紙を運んだり，彼女から受け取ったりという習慣を続けていますと，ある夕方，思いかけずジョルジョがまさに都市の城門が閉まろうとしたときに戻ってきたのです。このことを親戚や友だちが知って，ネーリも彼に会いにやってきましたし，その晩彼と食事をともにしたのです。それから二人だけになって，ジョルジョは最愛の未亡人のことを話題にしたり尋ねたりし始めたのです。ジョルジョは疲労困憊を覚えていたものですから，未亡人を訪ねに行きたくはなかったのです。

　それでネーリは彼に答えたり，詳しく報告したりしながら，オレッタの賛辞をいろいろ並べたてました。そして彼は狡猾だったものですから，何もなかったとしても，先手を取ろうと欲していて——なにしろ，自分の悪意が友人にばれはしないかといささか彼女のこ

とを恐れていたものですから——ジョルジョにこんなことを言ってみようという考えが浮かんだのです。つまり，彼女がどれほど貞淑かということを見るためだけに，彼女を誘惑してみたこと，そして彼の欲望を彼女に遂げさせようと懸命になり，でももし彼女が承諾したならば，彼女をしかりつけたり，きつく諭(さと)したりする心づもりでいたこと。でも実際そうしたように，拒否したならば，彼女を最高に褒め称え，賢くて自制的な女性として永久にみなすつもりでいたことを告げたのです。

こんなことは，ジョルジョははっきりと意思表示はしなかったとはいえ，ひどく不快でしたし，そしてあまり立派ではない友人の行為と思えたのです。でも一向気にしていない振りをしながらも，あまり抑えてもおけなかったものですから，怒りまじりの高笑いをしながら彼に向かって言ったのです。

「なあ君，もしも彼女がオーケーしたとしたら，どうなったろうか？ 用件はどうなっただろうか？」これに対して，ネーリは答えたのです。「君にこんな冒瀆をしでかすよりも，まず僕の心臓を胸から引き出しただろうよ」。するとジョルジョが付け加えるのでした，「君は失敗したから，そんなふうにうまく言い逃れしているんだ」。すると，ネーリは訊き返しました，「それじゃ，僕は君からそんなふうに思われているんだなあ，僕のことをそのように思っているのかい？」

そして，ネーリはかつて聞いたこともないような，大げさな弁解を誓いながらやりだしたのです。そのことから，彼が苦しんでいるのを見たジョルジョは，彼の言葉を信じる振りをしたのです。そして，

二度とこのような危険を冒さないよう注意してくれ，と友人に言い含めてから，その晩は話し合いを中止して，眠りに就いたのでした．

　翌朝，くつろいだ気分でジョルジョは美人の親しい未亡人を見，彼女も彼を見ました．それで，彼女が遠くから，できるだけ陽気で愉快な顔を見せましたから，彼には夜になるのが千年にも思われたのでした．そして夜がきて，ジョルジョは時間になったので，彼女の許を訪れると，大いなる欲望をもって彼を待ち構えていました．そして到着するや，彼女の首に両腕を投げ出して言ったのです．

　「わが命の支えよ，お久しぶりだね」．そしてキスした後で，またローマの話を少しばかりして，ベッドに入りました．それからお互いにたっぷりと楽しみ合ったのです．そして時間になると，ジョルジョは日が昇る少なくとも一時間前に帰宅しましたし，オレッタのほうは眠り続けました．この若者は女性がネーリのことを何も語らないことにたいそう驚きましたが，それ以上に驚いたのは，彼女と八ないし十回一緒になっていながら，そんなことを言えば気分を害さずにはおかぬと分かっている人みたいに，彼には一切話をしなかったことです．それでも，彼としては彼女に落胆や不快を与えぬために，何も言いませんでしたし，将来に取っておくことに決めていたのです．

　でも彼はネーリに対していささか怒りを抱いており，そのひとつを何としても晴らしてやろうと決意していたのです．それで冬の或る夜，彼はネーリがその恋人の所に逗留（とうりゅう）しに出かけたことを知って，薬屋をしている彼女の父親に会いに行ったのです．そしてこっそり父親を脇に連れ出し，少しばかり話した後で，父親はジョルジョに対して，娘は恋人の若者を部屋に引き込れている，とふと洩らして

しまったのです。その老人の名はマルティノッツォと言い，ジョルジョのことを断じて信じたくはなかったのです。でもジョルジョが繰り返し語り，いろいろな気配りを見せたものですから，とうとう自分の息子を呼び出してから，怒りながら帰宅したのです。そして立腹しながらまさに玄関に到着したとき，彼のもうひとりの息子が3時近くにもなってから，晩餐から戻ってきたのです。この息子は公証人をしており，セル*1・ミケーレと呼ばれていました。マルティノッツォはミケーレに対してすぐこう切りだしたのです——妹は友人を部屋に連れ込んでおり，この男は夜中の一時に入り込み，夜明け頃まで居続けるつもりでいる。そしてそれから，この娘は男を菜園の窓から外へ降ろしてやるつもりだよ，と。

ところで，これはネーリから聞かされていたため，ジョルジョがとっくに知っていたとおりのことでした。セル・ミケーレにはこれはまずいことだと思われました。とにかくお互いに相談してネーリを捕らえるため，そっと家の中に入りました。例の窓を締め，武器を手にして，三人とも以前には一度も入ったことのない娘の部屋に傾(なだ)れ込んだのです。それから大声を上げてドアを開け放つと，ベッドの下に隠れているネーリを見つけ出しました。彼は武器を目にすると，すぐさま白状し，名乗ったのです。

そのことにマルティノッツォはもう我慢できなくなって，彼に対して下衆(げす)野郎と呼び，命を守りたいのなら，娘と結婚することに合意せよ，と最後通牒を突きつけて言ったのです。「この矛(ほこ)*2で貴様

---

*1　公証人に対する敬称，「様」を意味する。
*2　15世紀以降，イタリアの歩兵隊が使用した。

の胸を突きささないよう，やっと我慢しているんだぞ」。

　ネーリは情勢の悪化したのを見てとり，何でもします，と応えました。それから老人はフランチェスカを呼び出すと，泣きながら部屋から出てきました。彼女は若者を夫にすることになって大層満足でした。そしてネーリから，みんなの目の前で指輪を渡されたのです。セル・ミケーレは婚姻証書を作成し，それにネーリに対して署名させて，それから一同が合意し，陽気な気分で晩餐の席に赴いたのです。その晩餐では大喜びでありとあらゆるものが提供されました。ネーリは公けの豪華な婚礼は他日に取っておき，夕方には帰宅したがりました。それで，セル・ミケーレと兄に付き添われて，住居に向かいました。一同が帰宅すると，父親と大宴会を催しました。

　父親は陽気に言うのでした，「ほら，一回幸運が儂を助けようとしたんだ。で，息子らよ，持参金をつくるため，土地か家を売らねばならん。儂らがどうしたものかは神のみぞ知る，だ。そこでだ，儂らは持参金抜きで金持ちの貴族の若者と娘を結婚させたことにしようぜ。悪はすべてもう儂らのものじゃないわい。有難いことに，彼は当地で言われているように，自分の畑を耕して，自分の布切れで汗をぬぐったことになろうぜ！」

　父親のマルティノッツォはこうして大喜びし，あれこれのことを言ってから，息子たちと一緒にやっと眠りに就いたのです。そして翌朝には早く起き上がり，すぐさま妻の兄（バルトロという名前でした）の家に駆けつけて，まだ就寝中の彼を見つけました。そして陽気にこう語ったのです。

　「さあ，さっさと起きておくれ。儂はフランチェスカを結婚させ

ることにしたんだ。だから今日挙げなくてはならぬ結婚式の手順を助言したり手伝ったりしておくれ」。すると、バルトロは急いで起き上がり、いったい誰の嫁にやるのか、と尋ねました。マルティノッツォは答えました、「この都市にはほかに居ないぐらい金持ちで貴族の青年にだ。手っ取り早く言うと、ネーリ・フィリペトリが娘の旦那になるのさ」。すると、バルトロは言うのでした、「何て言った？　トンマーゾ・フィリペトリ氏のネーリが彼女の夫になるのか？」マルティノッツォが答えました、「そう、早朝にだ」。「間違わぬように注意しておくれ」、とバルトロが言いました。「どうして間違うもんか」とマルティノッツォが続いて答えました。そしてバルトロに一部始終をきちんと説明したのです。

　すると、バルトロは笑いながら、叫び始めたのです、「あんたは騙され侮辱されたんだ。ああ、可哀想に！　そのネーリには妻子がいるのを知らないの？」「何？　妻子だと！　こりゃたいへんだ！」とマルティノッツォが答えました。「今ネーリは家に妻と二人の子供がいる。ひとりは男子、ひとりは女子なんだ。俺が嘘をついていると思うかい？」とバルトロ。「ああ、もしそうなら、僕はまたたくまにだいなしになり、赤恥をかくことになる。でも僕としては、君が訳のわからぬことを口走ってはいないかと心配だよ」とマルティノッツォが言い添えました。

　バルトロはもう服を着てから、応答するのでした、「外出しよう、そして俺たちのどちらが乱心しているかを決めようじゃないか」。そして両人は家を出て、みんなに尋ねて回ったのです。そして信用できる複数の人びとから、ネーリには妻子がいることが本当だと分

かりました。実はネーリは若くしてローマで結婚し，二人の子供を儲けたのですが，当地ではあまり知られていなかったのです。しかもとりわけ，妻がミラノへ連れてこられてから，痔瘻を病み，ずっと寝たきりだったからです。

　そこでマルティノッツォは確証を得て，この親戚に言われたとおり，帰宅しました。そして息子たちには黙っているよう命じてから，実はネーリからだまされ辱しめを受けたことを知らせた上で，バルトロと一緒にネーリに会いに家へ出かけたのです。そして彼がまさに外出しようとしているところで，偶然ばったり鉢合わせしたのです。そして脇に呼び出して，マルティノッツォはネーリが自分の家に対して働いた恥辱や無礼にひどく苦しんでいることから始めて，若い女性を辱めるのは立派な男子のやることではない，しかもそれから，妻がいながら，ほかの女性と遊ぶとは，と説教してから，これは大司教の前に持ち出す事件だと言って脅迫したのでした。

　ネーリはまずは詫びを言い，それから最上の御託を並べたてながら，美女にうっとりしたり，彼女らの愛を得ようとしたりするのは昔からの紳士のしきたりなのだと続け，さらにこう付け加えたのです。「私が犯したひどい過ちは，元に戻そうと思っても，絶対に不可能だということを否定したくはありません。でも私は彼女にいかなる暴力も振わなかったし，二人で一緒に喜んで合意のもとにお互いに楽しみ合ったのです。これは普通の，ごく自然なことです。しかもこの罪はたまたま多くの男たちがやっているほど重いものじゃありません。

　たしかに私はほかに妻がいる以上，彼女を弄ぶことに同意すべき

じゃなかった。でも，あなたたちが武器を手にして私を脅迫するのを見て，怖くなってしまい，こんなことをさせてしまったのです。契約も書面も恐怖のせいで無理矢理なされたものなのですから，有効じゃないし，もちこたえられません。でも，あなたがたがご覧の状態に私を追いやったため，『はい』とは言いましたが，私に妻がいるか否かについてはあなたがたがお尋ねにならなかったので，そんなことを知るという関心事はあなたがたにお任せしたのです。ですから，そのことであなたがたは苦しむわけにはいかないのです。でもやったことはやらなかったことにはなり得ません。ですから私は目の前のことに対策を講じる必要があります。しかもご覧のとおり，私はたいそう愛情深いですし，彼女のことが大好きなものですから，昨晩起きたことはすべて黙っていて頂きたいのです。そして，できるだけ早く彼女を結婚させてあげて下さい。それで新郎をお見つけになれば，彼女をきちんとした身分にあなたがたが就かせてあげられるように，相当の持参金を持たせるお手伝いとして，500ドゥカート金貨を必ず差し上げます。また彼女と私の間に起こったことや起こるであろうことすべてについては，私が神の恩寵を望む限り，誰にも絶対に口外は致しません」。ここで彼は黙りました。

彼らには，ネーリがうまく賢明に話したように思えました。なにしろ，彼に感謝してから，彼の許を立ち去ったのですから。マルティノッツォは息子たちにネーリに対しての気分が軽くなれればと思ってネーリの魂胆を語り終えてから，フランチェスカには心の準備をさせてやろうとしました。ところが彼女は事実を知ると愛人に対して激怒し，ひどく憎悪したため，それから以後彼の顔を直視す

ることは決してありませんでした。でも丸一カ月も経たぬ内に，妻を求めている或る男を見つけ出したため，父親と兄弟たちは彼にフランチェスカを与えるために持参金としてフロリン金貨800を持たせる約束をしたのです。その際，彼らは300フロリンだけを負担し，残りはネーリから引き出す算段でした。それで彼らはネーリに会いに行きました。そしてマルティノッツォが娘を嫁がせることになったと告げ，彼に約束の実行を要請したのです。

　ネーリはその約束を守る気があまりなくて，後で会いましょうと言い，先延ばしするのでした。そしてとうとう少女の名誉のために考えた末に，みんなから疑いの目で見られないためにも，500ドゥカートを変なやり方で差し出したくない，と言ったのです。マルティノッツォは何の証拠も示せなくて，それに後悔するわけにもいかずに，娘と自分をはずかしめないためにも，息子たちと一緒に不満ながらも，不幸に不幸を重ねないために，そっとしておくことに決めたのです。ネーリは紳士の立場を保つためには，沈黙しておくのが幸せだと思ったのでした。それで新郎がフランチェスカと暮らすことを望んだ以上，マルティノッツォとしては家を売却して彼女に500フロリン金貨を与えざるを得ませんでした。ネーリはこの一件が落着したのを見て，恋人を失ってしまったことにたいそう悩みながら，ジョルジョに一切合財をぶちまけたのです。でも他方では，ネーリには好都合な事件と思われたため，時代や場所や名前を変更した上で，小咄として幾度となくこの事件を吹聴したのでした。

(第Ⅰ部)第10話　老アナスタージョ氏は何らの理由もなしに若女房に焼もちを焼く。すると彼女はこのことに気づいて立腹し，愛人と協力して自分の思い通りのことをやり遂げる。それから夫に不幸が振りかかり，彼女は愛人を夫に迎える

シルヴァーノが行った小咄が青年たちや淑女たちにたいそう好評で，褒め称えられました。ほかの人びとはみな終えてしまったため，チンティアだけが小咄をしなくてはならなくなりまして，優しい響くような声で語りだし始めました。「淑女や優雅な青年のみなさん，数々の美しくて立派なお話がみなさんによってもう語られてしまいましたから，私にもう語れるのは，全体としてではなくとも，部分的には美しいか，良いところのあるお咄しかないではありませんか？　ともかく，私の義務から解放されるために，できる限りあなたがたを満足させるようがんばるつもりです。

　わが町に同じく，あまり昔のことではありませんが，アナスタージョ・ダッラ・ピエーヴェ氏というひとりの公証人がおりました。彼は幼くしてフィレンツェにやって来て，ストロッツィ家で子供の先生をし，それから長じて大学を卒業したのです。そして司法長官の宮殿で仕事を開始し，だんだん金持ちになったのです。ほぼすっかり老人になってから，後に任せる者もなかったので，妻を娶ろうと考えたのです。そして，持参金のことは気にしないで，たまたま貴族の若くて美しい少女を手に入れたのです。彼女はベッドの中以外でしたら，望んだり要求できたすべてのことについて，彼に満足

していました。ですから，夜には彼女に夢中になり，愛していたため，世界一の焼きもち焼きになってしまい，客を獲得したり，契約の起草を求めたりするよりも，彼女によく注意することに一段と気を配ったり考慮するようになっていったのです。

　この少女はフィアンメッタと呼ばれていました。彼女は夫のよこしまな心や怖さに間もなく気づきました。

　そこで，彼女は貴族の血を引き，高潔な気性の持ち主でもありましたから，ひどく腹をたてました。そのため，さもなくばやろうと考えもしなかったようなことを夫にしてやろうと心に決めたのです。たまたま年の頃35歳ぐらいのしとやかで愛想よい近所の医師が，パリで勉強して戻ってきたばかりだったのですが，この男が奇妙にも彼女にうっとり見とれていることに気づいて，彼女は彼にうれしそうな顔を見せ始めたのです。そのことで医師もことのほか喜び，彼女の家の前をより頻繁に通りかかったのです。彼女のほうでもいつも彼を愛想よく迎え，とうとう彼を愛してしまったのです。

　こうしてお互いに愛し合うようになり，彼らは一緒になるというより熱烈な欲望を抱いて，ほかに何も望まなかったのです。でもそれを解決することはできませんでした。ひとりの老女中がいて，夕方はずっと家に留まっていたからです。その目的は，昼は彼女に妻の見張りをさせておき，夜は夫が自分自身で妻を見張るためで，それ以外の目的はなかったのです。そのため，フィアンメッタと医師ジューリオ（これがこの医師の名前でした）はとても不満な生活をしていたのです。

　若妻はベルトできつく締められた女みたいに，何とかして自分の快楽を手に入れる方法を見つけようと躍起になりました。それで，

医師と一緒になり彼と遊ぶための新しい方策を思いつき，手紙でその方策を知らせたのです。そしてそうしたいだけ一緒にいることに決めて，ある晩，寝ついたばかりで彼女は大声で叫びだし，「おお，セル・アナスタージョ！　旦那さま！　うちは死にそうです！　一生のお願いですから，お助け下さい！」と言ったのです。

　セル・アナスタージョは目を覚まし，すぐに寝巻きのままでベッドから跳び降り，女中たちを呼び寄せますと，彼女らは点火したランプを手に駆けつけて，フィアンメッタを励ましたのですが，彼女は吠え立てたり悲しんだりするばかりで，身体が痛み内臓が破裂しそうだと泣きわめいたのです。

　女中たちは布切れやキャベツの葉っぱで彼女を温めながら，どうしてよいか分かりませんでした。そして何の効き目もないと分かると，彼女は苦しみや叫び声を張り上げて，「ああ，悲しい！　ああ哀れ！　いとしい旦那さま！　今に破裂するわ，旦那さま。どうかお助下さいな」とわめいて，二目と見られぬようなひどい目つきをしたのです。

　セル・アナスタージョは愛情のこもったまなざしで涙ながらに，手に抱えたまま妻が死ぬのではないかと疑って，医者を呼びにやろうと思ったのです。そして，妻を少し励まそうとして，そのことを伝えたのです。

　すると彼女は応えて言ったのです，「ああ！　早くしてちょうだい，後生だから，旦那さま！　早くして，さもないと間に合わないわ」。「間違いないよ」とセル・アナスタージョが言いました，「一番早くするために，ここから出て角を回り，お隣さんのジューリオ先生の所へ行くよ」。

　フィアンメッタは続いて言うのでした，「いいですね，ぐずぐず

しないで。ああ！　何とかしてうちを助けに駆けつけてくれないと，うちは死んでしまうわ」。公証人の夫は有無を言わせず，すぐに駆け出し，あまりドアを叩かなくても，待機していた医師は応答しました。こうして医師はすぐに，女性が泣きわめいていた部屋に一緒に現われました。彼女を診察してさっそく彼女を力づけたのです。それからしっかりと彼女に触診し，あちこちしつこく手探りしてから，主人のほうを向いて言ったのです。

「奥さまは，何か毒物を食べられたか，ほんとうに体の中で何かが苦しめています。生きのばしてあげたければ，《星の薬局》に行き，私が指示するなめぐすりを買う必要があります。それは婦人病には効果てきめんの薬です」。するとセル・アナスタージョは「それはたやすいことです」と応え，さらにこうつけ加えるのでした，「見張っていて下さい。すぐに戻って参りますから」。医師は言うのでした，「だいじょうぶです。私がすぐに自家製湿布を用意して，女中さんたちと一緒になって，手当て致しておきますから」。セル・アナスタージョは言うのでした，「さあ，出しておくれ」。それで書き物が持ってこられると，医師は奇妙な処方箋を作成し，店舗兼住宅に居した薬屋の所へ飛んで行くように，その紙片を手渡したのです。

医師はなおも叫び続けているフィアンメッタの傍に居ました。ところが，彼女は夫がドアを締める音を聞くと，一段ときつく叫びだし，声を張り上げだしたのです。そして痛みが増してきた振りをして，家中にわめき散らしたのです。そのために，医師は女中たちに命じて，湿布用に油と小麦粉を持ってこさせ，ほかに彼女を生かしておく手だてがないからと，彼女に魔法をかけようとしたのです。

女中たちのほうを向いて，すぐにワイン・グラス一杯と水一杯を持ってくるよう命じると，すぐそれらは用意されたのです。そこで，医師はコップを一つずつ手に取り，それぞれの上でわけのわからぬ言葉を言う振りをしてから，フィアンメッタの右手にはワイン，左手には水を差し出してから，それぞれ四回ずつ飲むように命じたのです。そして女中たちには女主人の命を保たせたいのなら，ひとりは家の中で一番高い所に，もうひとりは一番低い所へすぐさま行って，四福音書の著書たちに敬意を払ってそれぞれ四回ロザリオの祈りを唱える必要がある，と分からせたのです。しかも彼女らには，そのロザリオの祈りをゆっくりと全部唱えるよう気をつけるように，そして，全部果たす前には絶対に動かないよう厳命したのです。

　女中たちはそれを固く信じましたし，彼女らには不快に思われたのですが，ほかに考えもしないで女主人を治すことを考えていたのです。女主人のほうは相変わらずかん高い声で叫びながら，今にも臨終に近づきつつあるかのようでしたから，老女中は地下室の半円天井に，若女中は屋根裏へとそれぞれロザリオを持って向かったのです。

　ところで，女中たちが部屋を出るや否や，ジューリオ先生はワインや水や魔術を脇にどけておき，また女性は叫びや痛い気持ちを脇にどけて，みなさんが容易にご判断できるとおり，お互いに一緒に楽しみ合ったのでした。

　しかも二人はゆっくりとくつろげたのです。なにしろセル・アナスタージョはフィエゾラーナ通りに近づきつつあり，そこに到達して薬屋ですばやく処理してしまうまでにかなりの時間が経過しましたし，しかもあまりにその間に時間がかかったため，もう妻が生き

ているとは思わなかったほどだったからです。ですから、医師先生は美しいフィアンメッタと三回交わり、お互いに途方もなく素晴らしい楽しみを満喫したのでした。

　でも、二人にはもうじき女中たちや公証人の夫が戻ってくるように思われたので、夫人は眠っているかのような振りをし、医師は彼女の前でひざまづいて、何か下書き帳を読んでいる振りをしたのです。そのとき、女中たちはひとりは地下室の半円天井から、もうひとりは屋根からロザリオ唱を終えてほぼ同時に戻って来て、老女中が最初に女主人の状態を見るために部屋に入りました。でも、医師が床でひざまづいてぶつぶつ言っており、女主人は静かにじっとベッドに冷たくなっているのを見て、亡くなったのではと疑い、大声で叫ぼうとしたのです。

　でも医師からすぐに引き止められ、黙っているようにと指示されたのです。女主人はもう回復して眠りながら休んでいるところなのだから、と。そしてそれから、若女中と、すでに部屋に入っていたもうひとりに対して、ロザリオ唱を終えたのかと尋ねられると、二人は"はい"と言いました。それで医師は立ち上がったのですが、ちょうどそのとき、セル・アナスタージョがドアを叩いたのです。二人の女中の内のひとりがすばやくドアを開けました。アナスタージョはばくちで擦り[*1]猛り狂ったみたいにすぐさま部屋に現われ、夫人の生命が尽きているのではないかと恐れたのです。

　これに対してジューリオ先生は言ったのです、「奥様は真珠みた

＊1　疑義あり。

いです。神のおかげで治られました。ですから，もうお薬りは要りません」。そして，夫にすべてのことを話し，ほかに対策が見つからないため，魔法に訴えざるを得なかったと説明したのです。

　そうこうする内に，夫人は目覚めた振りをしながら，すっかり陽気に微笑を浮かべて，夫のほうを向き言ったのです，「あら優しい旦那様，あなたはフィアンメッタをお墓から取り戻したんだと想像して下さい。そしてまずは神様に，それからこのジューリオ先生に感謝して下さいな」。そこで，アナスタージョは神様と医師に感謝するしかありませんでした。そしてすっかり喜びに満たされて，医師に一フィオリーノ金貨を受け取らせようとしたのです。でも医師はこんな治療には断じてお金を受け取る習慣がない，と答えたのですが，さんざん申し出られたり感謝された後で，最後に恐縮ながらも，と言って受け取り，帰宅したのでした。旦那は女中たちを就寝させてから，妻と一緒に，幸せ一杯に眠りに就いたのでした。

　翌朝，セル・アナスタージョは地方総督に用事があり，大事な訴訟を抱えていたため，早起きして，妻を休ませておきました。彼女は昨晩蒙った肉体的苦痛のため，うんと休息を取らなくてはならぬ，と考えたのです。それで外出のためにすばやく服を着て，階段を降りようとしたとき，まるで自分の不幸を欲したかのように，つまずき，階段の第一段目から最後の段まで転げ落ちてしまったのです。その途中，さんざん打ちつけたのですが，こめかみをこれまでなかったぐらいに打ったのです。物音で女中たちが二人とも，フィアンメッタも駆けつけてきました。下へ行き，彼が床に倒れ込んでいるのを発見しました。左耳の近くは血だるまになっていましたし，

その様子からして，彼女たちはきっと彼が死んだものと考えたのです。そして泣きながら大騒ぎしたのです。すると近所の者もみな駆けつけ，すぐさま旦那はひどく傷つき血みどろのまま，ベッドの上に運ばれ，そしてフィレンツェで筆頭の二人の外科医が呼ばれました。

　みんなが冷水と酢で懸命に彼の手首をさすったため，彼が正気を回復したちょうどそのときに，医者たちが到着しました。医者たちは彼をよく診察して，骨折個所に軽く触れてから，彼を見放して，間もなくこと切れるから彼に告解させるように，と言いました。フィアンメッタがそのことでどれほど深く悲しみ，どれほど苦しみを表わしたかは尋ねないで下さい。このことが夫に与えた迷惑と心痛は不運そのものよりも大でした。それで，まずは魂の準備をしてから，次に遺言を作成したのです。合法的にそれを作成してもらう親戚もなかったため，彼は妻にすべてのものを寛大にも残すことにし，そして動産・不動産のすべての主要相続人にし，しかも，彼が彼女に抱いてきた熱烈で無比な愛情を公けに示すため，いかなる義務も責任も負わせなかったのです。

　このことで内心大喜びしたフィアンメッタは，泣きながら，目に涙を一杯ためて，魂を追い出したがっているかと見えるほどでした。そのため，セル・アナスタージョは自分のことを忘れて，彼女を激励したり，慰撫したりすることを強いられたのです。そして，彼女は金持ちとして生き残るのだからと言いきかせて，ただ一つのことだけを彼女にお願いし，要請したのです。それは彼女がもう再婚しなかったとしたならば，死後は捨て子たちの病院にすべてのものを残すこと。

または再婚した場合は，最初に生まれた男子にアナスタージョの名を付けて，ずっと彼のことを思い出さざるを得ないようにしたい，というものでした。妻は泣きっぱなしで，すべてのことを彼に十分に約束しました。それから，セル・アナスタージョはだんだん悪化し，夕方日没時には言語障害を起こし，同夜には息を引き取ったのです。

　フィアンメッタ（会いにやって来た自分の父親・兄弟と一緒に深く悲しみました）は，次の日に彼の埋葬を誠実に実行しました。そして長らく家にいた老女中には，給料のほかにたっぷりと心付けを与えて，送り出したのです。若い女中は結婚させました。そして彼女本人は金持ちとなり，いまだ若かったものですから，父親と全家族の意志に反して，再婚することに決めたのです。

　そして，ジューリオ先生のことを思い出しながら，むしろいつも彼を目の前にしながら，勇敢で自信に満ちた騎士道的愛の証明を彼に見いだして，こっそりと厳格な儀式を維持したのです。そして彼はあらゆる点で彼女に劣らず結婚式を熱望していました。ですからとうとうこれ以上ないくらい真面目なやり方で二人は結ばれたのです。それから，ずっと楽しみ合い，絶えず財産と子息を増やしながら，金持ちで満ち足りた生活を一緒に送ったのです。そしてフィアンメッタは適当な時間と場所で，この点では夫に忠誠を守ったのです。なにしろ最初の男子にはアナスタージョなる名を付けたのですから。

ストラパローラ篇

TRAPAROLA

ストラパローラ篇　103

（第Ⅰ夜）第5話　裕福な商人ディミトリオはグラモティヴェッジョという名前を押し通して，妻ポリッセーナが或る司祭と一緒のところを発見し，妻の兄弟の許に彼女を送りつける。すると妻は兄弟から殺されてしまい，今度は女中を妻に娶る

ヴェネツィアは司法官たちの指令によりたいそう高貴な町であり，いろいろの種類の人びとに富み，聖なる法規により幸福至極な町であり，アドリア海の末端の入り江に位置しており，ほかのすべての都市の女王と呼ばれております。ここは悲惨な人びとの避難所，

被抑圧者たちの隠れ家でもありますし，海を壁に，空を屋根に頂いております。特別なものは別に産み出さないにせよ，この町にふさわしいものをたっぷり持っています。さてこの高貴で豊饒な町にかつてディミトリオと呼ばれていた裕福な商人がおりました。善良かつきちんとした生活を送る実直な男でしたが，低い身分でした。

彼は子供が欲しくて，可愛らしくしとやかなプリッセーナという名の若い女性を娶りました。彼女は夫から熱愛されたのです。彼が彼女を愛したほどに女性を熱愛した男性はかつていませんでした。彼女の服装はひどく華美でしたから，貴族の女性を除いては，彼女の服装，宝石，大きな真珠にまさる者はひとりもおりませんでした。そのほか，彼女は豪奢な食物をふんだんに持っており，それらは彼女の低い身分相応を超えたものでして，本来あるべきだったもの以上に彼女の身分をソフトでデリケートにしていたのでした。

さて，ディミトリオはこれまで沢山航海してきたものですから，商品を持ってキプロス島へ赴こうと考えました。そして家は食糧や一家が所有するもので整えたり，十分に補給してから，愛妻ポリセーナと若くてぽっちゃりした女中とを後に残したのです。そして，ヴェネツィアを発ち，旅立って行ったのです。

ポリッセーナはぜいたく暮らしをし，珍味三昧にふけったため，体は偉丈夫になり，もう恋の鋭い弓矢にがまんできなくて，教区司祭に目をつけ，司祭にすっかり燃え上がったのです。この司祭は若くて，しとやかなばかりか美男子でしたが，ポリッセーナが横目でこっそりと自分に石弓を投げていることに或る日気づいたのです。そして，彼女が見たところ可愛い顔つきをしており，体も優美な上，

美女にふさわしいすべての美の性質を持ち合わせていたものですから，すばやくこっそりと彼女にあこがれだしたのです。そして二人の心はお互いの愛を確信し，親しくなったものですから，間もなく，ポリッセーナは誰にも見られないで，司祭を家に連れ込み快楽にふけったのです。こうして何カ月も人目をしのんで恋を続け，幾度となくきつく抱擁したり，甘いキスを交わしたりしながら，愚かな夫を波高い海の危険に放置しておいたのです。

ディミトリオはしばらくキプロス島に滞在して，商売でかなりうまく儲けてからヴェネツィアに戻ってきました。下船して帰宅すると，親愛な妻はおびただしく泣いていました。それでなぜそんなに激しく泣いているのかと尋ねられて，答えたのです．「悪い報せを聞いていたのに，あなたの帰宅を知って，ひどく嬉しくなったのです。キプロスの船が沈没したと大勢の人が言っているのを聞いたものだから，何か不吉なことが起こったのではないかと非常に恐れていたんです。でも今は神様のおかげで，あなたが無事に帰宅したのを見て，あまりの喜びに涙を止めることができないの」。

哀れ夫はキプロスからヴェネツィアに戻って来て，長い不在でポリッセーナが失った時間を回復するため，彼女の涙や言葉は彼に抱いてきた熱い，十分根拠のある愛のせいだ，と考えたのでした。そして哀れにも彼は妻が心の中ではこんなことを思っていようとは考えもしなかったのです――「おお，夫が恐ろしい波に溺れてしまえばよかったものを！　そうすれば，私を溺愛してくれている愛人と，もっとしっかりと，愉快に楽しみ，もっと満足できたのに」，と。

一月もしないで，ディミトリオは再び旅に戻りました。それでポ

リッセーナはこれ以上ないぐらいそのことを喜び，すぐさま愛人に知らせました。この愛人も彼女に劣らずこの機会を待っていたのです。そして，適当に決めておいた時間にこっそりと彼女の家にやって来たのです。でも司祭のこの行状は隠されたままではすまなかったのでして，ディミトリオの家の向かいに住んでいた彼の友人マヌッソにばれてしまったのです。それというのも，マヌッソはディミトリオの親友でして，話し好きで世話好きな男でしたから，この婦人のことを少しも疑わなかったのですが，だんだんと彼女に注意するようになったのです。

さて，ある合図で，ある時間になると，司祭のために扉が開けられて，司祭が家に入ることがはっきりしたのです。しかも普通よりも用心しないで，婦人と戯れていたのですが，マヌッソとしては黙っておくことに決めたのです。隠されていることがばれてスキャンダルにならぬようにするためでした。そして，ディミトリオが旅から戻るのを待つことにしたのです。ディミトリオが自分の問題により成熟した大人の態度をとれるようにするためでした。

帰国のときがきて，ディミトリオは乗船し順風に恵まれてヴェネツィアに戻りました。下船し，家に向かい，玄関をノックすると，女中が窓から顔を出し，彼と分かると走り出て来て，喜びでほとんど涙を流しながら，彼のために扉を開けました。ポリッセーナは夫の帰宅を知り，階段を降りてきて，腕を広げてキスし，この世で最高の愛撫をするのでした。

彼は疲労しており，船旅で困憊(こんぱい)していましたから，夕食もとらないで，眠りに就きました。そしてぐっすり眠り入ったため，愛の最

後の悦楽も知らずに朝まで寝たのです。

　ですから暗い夜が去り、明かるい日中になると、ディミトリオは目を覚まし、ベッドから起き上がり、彼女に好かれるためのキス一つもしないで、小箱へ向かい、そこから大事な品物を取り出しました。それからベッドに戻り、それらを妻に手渡したのです。でも彼女はほかのことが頭にあったため、そんな贈り物を全くないしほとんど評価しなかったのです。

　さて、ディミトリオは油やその他の件でプッリャ[*1]に航海する機会がありました。それで妻にその話をしてから、出発の身繕いをしたのです。でもずる賢い妻は夫の旅立ちに苦悩を装って、夫を愛撫し、彼に何日か一緒に居て欲しいと頼んだのです。ところが心中では夫が目から遠去かるのが一日千秋に思えたのでした。なにしろ愛人の腕の中により確実に入ることができたからです。

　マヌッソは教区司祭が婦人により足繁く言い寄ったり、ふさわしくないことをもやらかしているのを見たものですから、妻にやっているのを目撃したことを亭主に知らせなければ、友を侮辱するように思ったのです。ですから、どんなことがあろうと、ありのまますべてを友人に話してやろうと考えたのでした。それで、友人を或る日食事に招き、食卓につくと、マヌッソはディミトリオに言ったのです。

　「ねえ君、誤解でなければ、知ってのとおり、僕が君をずっと愛してきたし、魂がこの骨を治めている限り愛し続けるつもりだ。ど

---

*1　イタリア南部の州。

んな難しいことでも，君への愛のためならやらずにはおかないよ。で，君を不快にさせなければ，話したいことがあるんだ。そんなことを知れば，君を喜ばすよりもうんざりさせることになろうが。でも，やはり言う勇気がないよ。君の上機嫌をけがさないためにも。でも僕が思うに，君は賢く慎重なのだから，真実を知って男はブレーキがきかなるものなのだが，どうか興奮を抑えてくれたまえ」。すると，ディミトリオは応じたのです，「君は何でもすべて俺に伝えられることは分かっているじゃないか？　君はまさか誰かを殺したのかい？　言っておくれ，心配しないでおくれ」。

　するとマヌッソは語ったのです，「俺は誰も殺してはいない。ただ俺は見たのさ，他人が君の名誉を殺すのを」。「はっきりと話しておくれ——とディミトリオが言い返しました——そんなあいまいな話で俺を監視しないでおくれ」。「ほんとに俺がはっきり話すことを望むのかい？」とマヌッソ。「よく聴いて，我慢しておくれ，これから俺が話すことを。君が熱愛して大事にしているポリッセーナは，君がよそへ行っているとき，毎晩或る司祭と寝て，いつも喜んで楽しみ合っているんだ」。

　「そんなことがあるのかい？」とディミトリオが訊き返しました。「あれは俺を熱愛しているし，俺が旅立つときは，涙を浮かべたり，ため息をついたりしないことはない。たとえこの目で見たとしても，信じられないだろうよ」。

　マヌッソが続けるのでした，「君が，僕の思っているとおりの男なのなら，そして君が多くの愚かな男たちがやっているように，目をつぶらないのなら，俺はあんたに全てを見せて，手で触らせてあ

げるよ」。「分かった」とディミトリオが答えました。「君の命じたとおりにするよ。俺に約束してくれたことを見せてくれるのならばね」。

　すると，マヌッソが言ったのです，「君が俺の言うとおりにやれば，全部確かめられるよ。ただしだ，君は秘密を守って，彼女には陽気で優しい顔を見せておくれ。さもないとキジの尾を傷つける[*2]ことになるよ。それから，君が出発する日には，乗船する振りをし，できるだけこっそりと俺の家に来ておくれ。きっとすべてのことを見せてあげるよ」。

　さていよいよディミトリオが出発すべき日がやって来まして，妻には最大限の愛撫をし，家のことを彼女に任せていとまごいし，乗船する振りをしたのです。けれども，こっそりとマヌッソの家に隠れたのです。運命の展開で二時間もしない内に雨雲が湧き上がり，どしゃ降りとなったため，天が壊れようとしているかのようでした。その晩はもう雨降りが止むことはありませんでした。

　教区司祭はディミトリオが出発したともう分かっていましたから，雨も風も恐れることなく，愛しい恋人の所へ赴くいつもの時間を待ちました。そして合図を送ると，すぐ玄関が開けられ，中に入り，彼女に甘くて味わい深いキスをしました。ある穴に隠れていたディミトリオはこれを見て，友人が言ってくれていたことに反論できなくて，すっかり茫然となりました。そして当然の苦しみから，目に涙が浮かんだのです。

---

*2 「失敗する」の意。

そのとき友人がディミトリオに言ったのです，「さあ，どう思う？　君が思ってもみなかったことを今見ただろう？　でも静かにしていて，狼狽するんじゃない。君が俺のいうことを聞いて，これから言うとおりにすれば，もっとうまく見れるから。さあ，行ってその服を脱ぎ，貧乏人のぼろを取って羽織るのだ。そして手と顔に泥を塗り，声を変えて，自分の家に行きなさい。そしてその晩宿を求めている乞食の振りをしなさい。女中はたぶん，悪天候を見て，憐みを催し，君に宿を提供してくれるだろう。そしてこうして，君が見たくないものを容易に見ることができるだろうよ」。

　ディミトリオは事柄を理解し，着衣を脱ぎ，そのとき泊めてもらいに家に入ってきていた乞食のぼろをまとったのです。依然としてどしゃ降りのままだったため，自分の家の玄関に行き，扉を三回叩き，大声でわめいたり，嘆いたりしたのです。すると，女中が窓から顔を出して訊いたのです，「下でノックしているのはどなたです？」ディミトリオはとぎれとぎれの声で答えるのでした，「私は雨でおぼれかけている哀れな乞食老人です。今晩一泊させてもらえまいかとお願いしているんです」。

　女中は女主人が教区司祭に対していたのに劣らず同情的でしたから，女主人の許に走っていって，「どうか情けをかけてやり，雨ですっかりびしょ濡れの哀れな乞食を安心させてやり，家に泊めて，暖を取ったり服を乾かしたりさせてやって下さい」と頼んだのです。「彼はまた水を上に運んだり，焼きぐしを扱ったり，火を起こしたりして，チキンができるだけ早く焼けるようにすることもできましょう。私はその間に鍋を火にかけて，スープ皿を用意し，その他

の台所仕事をやりましょう」。

　女主人は了承しました。そして女中は玄関を開けて，彼を呼び入れ，火の傍に座らせました。そして貧乏男が焼きぐしを扱ったりしている間に，教区司祭と女主人は寝室でじゃれ合ったのでした。さて，御両人は手を取り合いながら，台所にやって来ました。そしてこの貧乏男に挨拶したのです。彼がひどく汚れているのを見て，御両人はあざけりました。そして女主人は彼に近づき，名前は何というの，と尋ねたのです。これに答えて彼は言ったのです。

　「奥さま，私はグラモティヴェッジョ*3と申します」。これを聞いて，女主人はまるで歯が飛び出さんばかりに笑いだしました。そして司祭を抱擁しながら言うのでした，「ねえ，甘いうちの魂よ，キスさせて頂戴な」。そして，乞食を見つめながらも，しっかりと司祭を抱擁したりキスしたりしたのです。亭主が，妻が司祭に抱かれキスされるのを見て，どんな心の状態にあったかは，みなさんのご想像にお任せします。

　夕食の時間になると，女中は愛人たちを食卓に就かせてから，台所に戻り，老乞食に近づき，こう言ったのです，「同志よ，うちの女主人には御主人がおり，この世でなかなか見つからぬほどの善人で，奥さまに何一つ不足させてはいないのよ。哀れ御主人はこの悪天候で今ごろどこに居られることか，神のみぞ知るだわ。奥さんは恩知らずにも，ご主人のことを考えず，自分の体面すらも考えずに，はしたない愛に目を奪われてしまい，愛人を愛撫したりして，この

---

*3　「あんたは哀れに見える」の意。

男以外のどの男にも扉を閉ざしているのよ。どうかそっと部屋のドアに近づいて行って，二人が何をし，何を食べているか見るとしましょうよ」。

　それでドアに近づき，見てみると，お互いに彼らは食べ物を口に入れ合ったり，睦言（むつごと）をかわしたりしていました。そして休む時間になると，二人ともベッドに入り，一緒に冗談を言ったり，楽しんだりしながら，がつがつと情交をやりだしたのです。そしてあまりに強くため息をついたりペダルをしきりにこいだものですから，乞食男は隣の部屋にいたのですが，すべてのことを容易に解することができたのです。

　哀れな浮浪者はその晩一睡もしませんでした。でも夜が明けると，すぐベッドから起き上がり，女中には自分を大切にしてくれたことに感謝して，誰からも見られずに立ち去り，友人のマヌッソの家に向かいました。マヌッソは微笑しながら言いました，「君，具合はどうかい？　ひょっとして，見たくなかったものを見たんじゃないかい？」するとディミトリオは答えて言いました，「うん，確かに。この目で見なかったら，信じはしなかったろうよ。でも仕方ない！　これが俺の厳しい運命なのさ」。マヌッソはややばつが悪くなったので言うのでした，「なあ君，俺の言うとおりにやってくれないかなあ。まず体をすっかりきれいにして，君の服を手に取り，羽織りなさい。そしてぐずぐずしないですぐ帰宅し，天候が悪くて出発できなかった振りをしなさい。さらに，司祭が逃げないようしっかり注意しなさい。そうしたら，君が家に居るものだから，司祭はどこかに身を隠すだろう。そして立ち去る余裕ができるまでは立ち去る

まい。で，君はその間に妻の両親を呼び寄せて，君と食事をしに来てもらいなさい。そして，家の中で司祭を見つけたなら，君の好きなようにしてよろしい」。

　ディミトリオには，このマヌッソの助言がたいそう気に入りました。それで着ていたぼろを脱ぎ捨てて，本来の衣服を着用し，帰宅して扉をノックしたのです。すると，女中は旦那であると分かって，すぐさま奥方の部屋に駆けつけました。奥方はまだ司祭と一緒にベッドに寝ていました。そこでこう言ったのです。「奥さま，旦那さまが戻られました」。このことを聞いて，奥方はすっかりうろたえてしまいました。そしてできるだけ早くベッドから起き上がると，下着のままの司祭を，彼女が上等の服を収納していた衣装箱の中に隠したのです。

　そして毛皮のコートを首に巻き付けながらはだしで駆け降り，こう言ったのです，「旦那さま，ようこそお帰りなさいませ。うちはあなたのために一睡もしないで，ずっとこの悪天候のことを思っていました。でも無事に帰宅されて，やれやれだわ」。そこでディミトリオは部屋に入り，妻に言ったのです，「ポリッセーナ，僕も今晩悪天候で一睡もしなかったんだ。少し休みたいんだが。でも僕が休んでいる間に，女中を君の兄弟の所に行かせて，明朝僕らと一緒に朝食を取りに来てもらうよう，僕らの名で招待したいんだ」。それに対してポリッセーナが言いました，「今日じゃなく，別の日に招待しましょうよ。だって今は雨が降っているし，女中は私たちの下着やシーツやほかの麻布のつや出しに忙しいですから」。するとディミトリオが答えました，「明日はきっともっと良い天気になる

だろう。そうしたら出発しなくちゃなるまいよ」。するとポリッセーナが言うのでした,「あなたがいらして下されば。疲れていていらっしゃりたくなければ,近所の友人マヌッソを呼んで下さいな。この用事をしてくれるでしょうから」。「君の言うとおりだ」,とディミトリオが答えました。それで,マヌッソは呼ばれて,やって来て,言われたとおりにしたのです。

　それで,ポリッセーナの兄弟がディミトリオの家にやって来て,一緒に陽気に朝食をしました。食事が終わると,ディミトリオが言うのでした,「義兄弟さん,私はあなた方に私の家をお見せしたことがありませんし,私があなた方の妹で私の妻ポリッセーナのために作った服もお見せしたことがありません。でも,妻が私からどんなによく扱われているかをご覧になって,さぞかし満足なさるでしょう。さあ,ポリッセーナ,いすから立ち上がって,少し君の兄弟に家をお見せしようじゃないか」。すると彼女は立ち上がり,ディミトリオは木材や,小麦や,油や,いろいろの品で一杯の倉庫をみんなに見せたのです。また,その近くの,マルヴァジア産ブドウの詰ったたるや,ギリシャ産,その他の貴重な,あふれんばかりのワインのたるを見せたのです。それから,妻に向かって言いつけたのです,「君のペンダントや太いまっ白の真珠を見せて差し上げなさい。あの宝石箱からエメラルドやダイヤモンドやその他の貴重な宝石を出しなさい。さて義兄弟さん,ご覧になりましたか？　あなた方の妹はあまり大切にされていないと思いますか？」

　これに対して一同が答えるのでした,「私らは分かっていましたよ。もしあなたの上等な生活や状態のことを分かっていなければ,妹を

あなたの妻には差し上げなかったでしょう」。でもこれだけでは満足しないで、妻に衣装箱を開けて、いろいろの種類の美しい衣服を兄弟に見せて上げなさい、と命じたのです。

　するとポリッセーナは震えながら言ったのです。「衣装箱まで開けて私の衣服を見せる必要があるでしょうか？　あなたが私に立派な服を、しかも私たちの身分相応以上の着せて下さっているのを兄弟たちは分かっているじゃありませんか？」でもディミトリオは半ば怒りながら言い放ったのです、「この箱を開けなさい、あの箱も開けなさい」。そして兄弟たちに服を見せたのです。まだ一つの箱だけが開けられないでありました。それの鍵は見つからなかったのでした。というのも、その中には司祭が隠れていたからです。

　そこで、ディミトリオは鍵が手に入らぬと見るや、ハンマーを持ち上げ、きつく打ちつけて、錠前を壊し、箱を開けたのです。司祭は怖くて全身震えており、身を隠すすべもなく、みんなに露見してしまったのです。ポリッセーナの兄弟たちはこれを見てひどく怒りました。ひどく激怒したため、傍にあったナイフで両人を殺してしまうところでした。でも、ディミトリオは両人を殺害することは望みませんでした。下着だけの者を——たとえどんなに頑丈な男であったにせよ——殺害するのはたいそう卑劣なことと見なしていたからです。

　それで義兄弟（みんな）に向かって言ったのです、「私がすべての希望を置いてきた、この意地悪女をどう思いますか？　私は彼女からのこんな侮辱に値いするのでしょうか？　ああ、哀れで不幸な女め、俺がきさまの血管を切断するのをどうして止められようか？」惨めな彼

女はほかに言い訳することができなくて，黙りました。それで夫は前の晩自分で行ったり見たりしたことを彼女の面前で言ったのです。そのためこれを彼女は否定することができなかったのです。

それから，頭(こうべ)を垂れている司祭に向かって言ったのです，「さあ，服を着て，ここからすぐ立ち去りなさい，そして地獄へ落ちろ。二度と貴様を見たくないわ。悪女のせいで神父たちが聖なる血を汚すのを見たくはないからな。すぐに立ち上がれ。何をぐずぐずしているんだ？」

司祭は一言も口にしないで立ち去りました。ディミトリオと義兄弟たちがなおもナイフを背に突きつけていると思ったからです。それからディミトリオは義兄弟たちのほうを向いて言ったのです，「あなたたちのこの妹をどこへなりと連れ出して下さい。私はもう目の前に居ては欲しくないですから」。兄弟たちは怒りで一杯になり，家に着く前に彼女を殺してしまいました。ディミトリオはこのことを聞き，また女中が美女であることを考慮し，浮浪者になったときに自分に見せてくれた同情心のことを思い出して，最愛の妻にしたのです。そして前妻のものだったすべての衣服や宝石を彼女に贈り，永い間楽しく愉快に平安な暮らしを送ったのでした。

(第Ⅱ夜) 第六話　学生フィレニオ・システルナがボローニャで三人の女性からばかにされるが、彼は偽祭り(パーティ)でそれぞれの女性に復讐をはたす

　ボローニャはロンバルディーアの高貴な町で、ふさわしいあらゆる物に順応する学問の母胎です*。そこにフィレニオ・システルナという名前のクレタの貴族の学生がおりました。優美で愛らしい若者でした。さて、そのボローニャで美しくて盛大な祭りが催されまして、町でももっとも美しい、大勢の貴婦人が招待されたのです。そこに集まったボローニャの大勢の貴族や学生のうちには、フィレニオも居りました。彼は若者たちの習慣なのですが、あれこれの女性に見入り、どの女性も大いに気に入ったものですから、何はともあれそのうちの一人と輪になって踊ろうと決めたのです。

　それで、ランベルト・ベンディヴォーリ氏の夫人で、エメレンツィアーナと呼ばれていた女性に接近して、踊ることをお願いしたのです。それで彼女は上品で美しかったばかりか、大胆でもありましたから、フィレニオを拒否はしなかったのです。ですから、彼はゆっくりした足どりで踊りながら、幾度も彼女の手を握り締め、低い声で囁いたのです。「有徳な奥さま、あなたの美しさは間違いなく、これまで僕が目にしたほかのどなたも上回っておいでです。あなたほどの高貴な方で僕がこれほど愛している女性はひとりもおりませ

―――――――――――
＊　かなりの"皮肉"が込められていることに注意。

ん。こんな方が僕の恋を叶えて下されば，僕はこの世で一番の幸せ者と大満足するでしょう。でも逆のことをなされば，僕はすぐさま命を絶ちましょうし，その方が僕の死因だったことになりましょう。奥さま，ですから今僕がしているようにあなたを愛していますし，これは当然の義務なのですから，僕をあなたの下僕と見なされて，どんなに小さくても僕の品物や僕自身をあなたの所有物として自由になさって下さい。ですから，小鳥みたいに僕を愛の鳥もちで捉えてしまわれたかくも著名なご婦人に服従させられるよりも大きな恩寵を，僕は天からでも受け取ることはできますまい」。でもエメレンツィアーナはこの甘くて気持のいい言葉を注意深く聴きながらも，用心深い女性として，何も聴かなかった振りをして，一切返事をしませんでした。

　踊りが終わり，エメレンツィアーナは着席しました。すると，フィレニオは別の婦人の手をとり，彼女と踊り始めたのです。そして踊り始めるや否や，彼はこんなふうに話しかけたのです。「高貴至極の奥方さま，どうか儀礼とは見なさないで下さい。僕がこの生きた精神が弱々しい手足と不幸な骨を支え続ける限り，どれほど熱烈な愛をあなたに抱き，今後とも抱き続けるだろうことを言葉でお示ししても，僕があなたを僕のパトロン，いやむしろ唯一のマダムにした暁には，僕は自分を幸せ者，いや至福者と見なすことでしょう。ですから，今も僕があなたを愛しているように，あなたのことを愛していますし，あなたも容易にお分かりのとおり，僕があなたのものになっているのですから，僕をあなたのいやしい召使として受け入れるのを軽んじたりはなさらないで下さい。僕の全財産，僕

の生命全体はあなたにかかっており、ほかの者にはかかっていないのですから」。

パンテミアと呼ばれていたその若婦人は、すべてのことを理解しましたが、それでも彼の言葉には答えませんでしたが、踊りは真面目に続けました。そして踊りが終わると、少しばかり微笑しながら、ほかの婦人たちの所に着席したのです。

やがて恋したフィレニオは第三の婦人の手を取りました。当時ボローニャで見つかったもっとも優雅で、もっとも美しい貴婦人でした。彼女は踊り始め、彼女を見つめるために近づいてきていた男たちには道を開けさせました。そして、踊りが終わる前に、彼は彼女にこんな言葉をかけたのです、「高貴な生まれの奥方さま、僕があなたに抱いてきた、そして今なお抱いているひそかな恋心をあなたに公表すれば、きっと少なからず差し出がましく思われましょう。でも僕に罪を着せないで下さい。あなたの美貌はほかのどの女性をも凌駕していますし、僕をあなたの召し使いにして下さいませ。あなたの褒めるべきしつけのことは今は申しません。あなたの秀いでたすばらしい美徳のことは申しません。それらはあまりに沢山あって、上の空から至高の神々をも降りてこさせるぐらいの力があります。ですから、技によるのではなくて自然により集められたあなたのその美しさが不死の神々の気に召したとしても、またその美しさが僕にあなたを愛するように強いたり、あなたを僕の心の奥底に閉じ込めるように強いたとしても不思議はありません。ですから、僕の優しい奥方さま、僕の命の唯一の慰めであるあなたにお願いします。どうか一日に千回でもあなたのために死ぬ覚悟をしている男を

歓迎して下さいませ。こうすることで僕はあなたのために命を頂いているのだと思いたいですし，あなたの温情にすがっているのです」。

その美しい貴婦人はシンフォロージアと言いましたが，彼女はフィレニオの燃える心から出てきた親愛な睦言をよく理解してからは，いくらか僅かなため息を隠せませんでした。でも自分の名誉や，自分が結婚していることを考えて，彼にいかなる返事もしませんでした。そして，踊りが終わると，自分の場所に着席したのです。

三人とも互いに近くにほぼ円形に座りながら，お互いに楽しい話をし合いながら，ランベルト氏の夫人エメレンツィアーナは悪気からではなくてからかいながら，二人の仲間に話しかけました。「ねえみなさん，今日起きた面白いことをお話しなくちゃと思うんだけど」。「どんなこと？」と仲間が訊きました。するとエメレンツィアーナが語ったのです，「輪舞していて，この上なく美しくて，優くて，上品なひとりの恋する男が私を見つけたの。その男性が言うには，私の美貌で私にひどく燃え上がったため，昼夜を問わず，安らぎが見つからないのだ，と」。そして，彼が言ったことをすべて彼女らに事細かに語ったのです。

この話を聞いて，パンテミアとシンフォロージアも，同じことが自分らにも起きた，と言ったのです。そして，祭りから立ち去るまでには，彼女たちは同じ人物が三人全員に恋したことが容易に分かったのです。ですから彼女らははっきり理解したのです——恋する男の言葉が愛の証明からではなくて，ばかげた虚構の恋に由来するものだということ，そして，彼の言葉に対して，病人の夢か物語のほら話によく向けられているような信頼を自分たちが寄せたのだ

ということを。

　ですから，立ち去る前に三人の女性はみんなで一致して，銘々がそれぞれ彼をからかってやり，その結果，女性たちもからかうことができるのだ，といつも恋する男が思い知るように細工することを約束し合ったのです。

　さて，フィレニオはというと，あれこれの女性に言い寄り続けながら，どの婦人も彼に好意のある振りをしているのを見て，心の中ではいつかそれぞれの女性から愛の最終果実を得られるものと思ったのです。でも彼が自分で渇望しており自分の欲望だった通りには事は成就しなかったのです。そのため，自らの目論みはことごとく乱されてしまったのでした。

　まずエメレンツィアーナですが，彼女は愚かな学生のにせの恋に我慢できなくなって，かなり可愛らしで美人の女中を呼び寄せて，フィレニオと上品に話すように，そして，女主人が彼に抱いている恋を彼に知らせるように命じたのです。そして，彼が楽しみたくなったときには，女主人は自宅で一晩彼とご一緒したがっていることも伝えたのです。このことを聞いて，フィレニオは大喜びし，女中に言ったのです，「さあ，お行き。帰宅して，奥方に僕のことを勧めておくれ。今晩，旦那さんが留守なのだから，僕を待っていて下さるようにと伝言しておくれ」。

　一方，エメレンツィアーナはトゲだらけの沢山の束を集めさせて，夜横たわるベッドの下にそれらを置き，愛人がやって来るのを待っていたのです。夜になると，フィレニオは剣をとり，単独で敵の家に向かいました。彼女に合図を送ると，すぐドアが開きました。そ

して一緒に少しばかり話し合ったり，ぜいたくな食事をしてから，二人とも休むために寝室に入りました。フィレニオが服を脱ぎ，ベッドに向かおうとしたとき，突然彼女の夫ランベルト氏がやって来たのです。このことを承知していながらも，奥方は狼狽した振りをし，どこに愛人を隠したものか分からなくて，愛人にベッドの下へもぐり込むよう命じたのです。フィレニオは自分と奥方の危険を察知して，何も着ないで，たった一枚の下着だけのまま，ベッドの下に駆け込みました。このためひどいトゲが刺さってしまい，頭から両足まで体のどの部分も出血しないではおかなかったのです。そして闇の中でトゲから身を守ろうとすればするほど，ますますトゲは突き刺さっていったのです。でも叫び声を上げることはしませんでした。そんなことをしたなら，ランベルト氏が聞きつけて，彼を殺しかねなかったからです。

その夜，この哀れな男がどのような結末になったかは，みなさんのご想像にお任せします。彼は小咄も無くなったのですが，その結尾も無くしてしまったのです。夜が明けて，夫が外出すると，哀れな学生はできるだけきちんと服を着て，血みどろで帰宅したのです。彼は少なからず死ぬ恐怖を味わったのでした。でも医者から念入りに治療してもらい，元通りに健康を取り戻して元気になりました。

あまり日も経たないうちに，フィレニオはほかの二人，つまりパンテミアとシンフォロージアとも愛し合うことで，恋を続行しました。何とかして，ある晩パンテミアと話すゆとりを得まして，自分の長期の苦悩や連続した心痛を彼女に物語り，どうか自分を憐んで欲しいと頼み込んだのです。ずる賢いパンテミアは彼に同情してい

る振りをしながらも，彼を満足させる方法がないと言い訳するのでした。でも，とうとう彼の甘いお願いや激しい願いに根負けして彼を家に招き入れたのです。そして服を脱ぎもうベッドに入ろうとするときになって，パンテミアは芳香を放つ香水を置いていた隣の小部屋に入るよう彼に命じたのです。そして，そこでまず香水を十分にかけてから，ベッドに入るようにさせたのです。

　学生は意地悪女の狡智に気づかないで，小部屋に入りました。そして足を載せたやわな板は小梁で支えられていただけでしたから，こらえ切れずに，板もろとも地下倉庫（商人たちが綿くずやウールを保管していました）に真逆さまに落下してしまったのです。でも高所から落下したにもかかわらず，そのために怪我した者はひとりもいませんでした。それで暗闇の場所に陥ってから，学生は階段か出口はないものかと手探りで進みだしたのです。でも何ひとつ見つからないものですから，彼はパンテミアを識った時点を呪ったのです。古ぼけた湯あかみたいなむかつくかびのせいで，彼はどこかあまり堅くない石を馬鹿力を発揮して引き抜きにかかりました。こうして，相当大きな割れ目ができるほどに掘り進めてから，そこを通って外へ脱出したのです。そして公道からあまり離れていない小道に出たものですから，跳びはねながら，下着のままで自分の宿へと引き返したのです。そして誰にも察知されることなく家に入りました。

　シンフォロージアも二人の女性がフィレニオをからかったことを知ってから，二人に劣らない第三のからかいをやってやろうと全力を尽くしたのです。で，彼を見かけたとき目尻でじっと見つめ始め，

彼に惚れ込んでいることを示したのです。学生はというと，過去に受けた侮辱のことをもう忘れていましたから，情愛におぼれた男を演じながら，女性の家の前を通り過ぎ始めたのです。シンフォロージアは彼がもう恋で度外れに燃えてしまったことに気づき，老婆を介して一通の手紙を送り，それにより，彼の美貌と上品なたしなみにあまりにしっかりと捉われ結ばれてしまって，昼夜を問わず休息も見つからぬほどだということを伝えたのです。ですから，彼の気が向いたときには，何にもまして彼とお話できることを切望したのです。

フィレニオはというと，手紙を受取り，内容を理解してから，これが詐欺とは考えず，過去に蒙った侮辱のことも忘れてしまって，有頂天になり，かつてないほどに元気づけられたのです。そして紙とペンを取り，彼女が自分を愛してくれており，自分のために苦悩を覚えているのであれば，相応にお応えしたいこと，そして，自分は彼女が自分に対する以上に彼女のことを愛しているものだから，彼女の好きなときにはいつでも，彼女の下僕になったり，命令に従ったり致します，と彼女に返事をしたのです。この返事を読み，そして適当な時間を見つけてから，シンフォロージアは彼を家に来させ，にせのため息をさんざんついた後で言うのでした。

「ねえフィレニオ，うちをこんな道に導いた人はほかにはいないわ，こんな道にあんたはうちを連れ込んでしまったのよ。あんたの美しさ，あんたの優しさ，それにあんたの話しぶりでうちの心に火がつき，枯れ枝が燃え上がるような気分だわ」。これを聞いて，学生はきっと彼女が自分への恋ですっかり憔悴したものと思ったので

した。ですから，哀れにも学生はシンフォロージアと甘くて楽しい話を交わしてから，もうベッドに入って彼女の傍に横たわる時間だと彼には思われたとき，シンフォロージアが言ったのです。

「ねえ，ベッドに入る前に少しばかり心づけするのがいいと思うんだけど」。そして，彼女は相方の手を取り，近くの小部屋に案内したのです。そこには，貴重な砂糖菓子(コンフェット)と上等のワインを用意したテーブルが置かれていました。

この抜け目のない女性はワインにアヘンを混ぜておき，しばらくしたら彼が眠り込むようにしておいたのです。フィレニオはそのグラスを取り，ワインで満たしてから，詐欺には気づかずにすっかり飲み干しました。心が回復し，麻薬入りの香水でずぶぬれになって，彼はベッドに入ったのです。でもしばらくすると，その液体が効力を発揮し，若者はぐっすり寝込んでしまい，砲兵の大音響や，どんなに大きな騒音でも彼をなかなか目覚ませはしなかったことでしょう。

そこで，シンフォロージアは彼が熟睡してしまい，自分の作った液体が最高の効果を発揮したのを見て，立ち去りました。そしてこのことをよく心得ていた若くて屈強な女中を呼び寄せ，二人して学生の手足を掴み，こっそりと出口を開け，石を投げても届く位の家から離れた所にある道路の上に放置したのです。それから日の出になる一時間ほど前になって，例の液体が効き目を失い，哀れな男は目を覚ましました。自分ではシンフォロージアの傍に居るものと信じ込みながら，実ははだしで下着のまま，寒さで半死の状態で，むき出しの地面の上に横たわっている自分を発見したのです。哀れに

も，両腕や両脚もほとんどきかないまま，やっとのことで立ち上がることができました。とにかくかろうじて立ち上がり，両足もほとんど当てにできずに，どうなるかも分からずに，誰にも見られないで宿に何とか戻り，健康のための処置を講じたのです。もし彼が若さに助けられていなかったら，きっと神経をやられていたことでしょう。

　フィレニオは元通り健康になると，蒙った侮辱を胸中に閉じ込め，痛めつけられたことを態度に示したり，憎悪を彼女らに抱いたりすることなく，前以上に三人の女性に惚れている振りを装い，ときにはひとり，ときにはもうひとりに言い寄ったのでした。逆に彼女らのほうでは，彼が自分たちに悪感情を抱いていたことに気づかずに，彼をもてあそんでいたのです。そして，本当の恋人がしてもらいたがるような，陽気な顔や優しく親切な態度を彼に見せたのでした。いささか憤慨していた若者は，幾度となく彼女らに手出ししたり顔に傷をつけてやりたかったのですが，賢こかったものですから，女性たちの偉大さを考え，また，三人の女をぶん殴ることは自分にとって恥ずかしいことになろうと考えて，憤りを思いとどまったのでした。ですから，若者はどうやって復讐すべきかを考えに考え込んだのです。けれども一つも思いつかず，内心ひどく残念がっていました。ところが相当時間が経過してから，若者は自分の欲求を容易に満たすためにどうしたらよいかが思い浮かんだのです。そして，彼が思いついたのと同じように，幸運も彼に有利に働いたのです。

　フィレニオはボローニャにたいそう美しいビルを所有しておりまして，そこには広いサロンやきれいな部屋が備わっていたのです。

彼は豪華で立派な祭り(パーティ)を行い，大勢の貴婦人——わけても，エメレンツィアーナ，パンテミア，シンフォロージア——を招待することにしたのです。招待すると受諾され，立派な祭り(パーティ)の日が来ると，三人の女性とも，あまり賢くないものですから，深く考えることなくやって来たのです。最近のワインや貴重な砂糖菓子(コンフェット)で婦人たちを爽快にする時間になり，抜け目のない若者は三人の恋する女性たちの手を取り，たいそう浮き浮きしながら，彼女らを一室に案内し，少しばかり飲み物でさっぱりして下さるように，とお願いしたのです。

　さて，狂った愚かな三人の女性が部屋にやって来ると，若者は部屋の出口を閉ざしてしまい，彼女らに近づいて言ったのです，「さあ意地悪女どもよ，僕があんたらに復讐する時がやって来た。今こそ僕の大きな愛情に報いてくれた侮辱の罪を引き受けさせてあげようぜ」。婦人らはこの言葉を聞いて，生きたより死んだ気持ちになり，他人を侮辱したことを大いに後悔し始めたのです。そしてこのことを悟るや，むしろ憎むべきだった者を過信してしまったことを，自分自身で呪ったのでした。学生は怒った恐ろしい顔で，彼女らに命が惜しければ三人とも裸になれ，と命じたのです。ことを理解して，食いしんぼうの彼女らはお互いに眺め合い，泣き出しました。そして，彼女らへの愛のためではなくて，彼の礼儀と生まれつきの人間性のために，どうか自分らへの彼の敬意が守られるようにして下さい，と頼み込んだのです。若者は内心ではすっかり喜んでいましたし，この点では彼女らにたいそう礼儀正しかったのです。でも，彼の前では着衣していることを許さなかったのです。女性たちは学生の足許に身を投げ出して哀れをそそる涙を流しながら，どうか帰ら

せて下さるように，そしてこんな大侮辱の原因にならずにすむように，へり下って彼に懇願したのです。でも彼はもう心がダイヤモンドみたいに固くなっていましたから，これは非難の印ではなくて，復讐の印なのだ，と言うのでした。ですから，彼女らは裸にされ，生まれたままになったのですが，着衣のときと同じぐらい美しかったのです。

　若い学生の彼は，彼女らを頭から足の先まで眺めて，とても美しく繊細に見えましたし，雪よりも白さが凌いでいましたから，内心いくらか哀れみを感じだしたのです。でも記憶の中では蒙った侮辱や死の危険のことが彼に甦ってきましたから，一切の憐憫を一掃しましたし，結局は自分の荒々しい厳しい決心のままにとどまったのです。引き続いて，抜け目なく若者は彼女らの衣服や，羽織っていたその他の衣類をすべて脱がせて，これらを近くの小部屋に置き，かなり心地よい言葉で，三人とも互い違いになってベッドに横たわるように命じたのです。女性たちはみな肝をつぶし，恐怖で震えながら言うのでした，「おお，うちらは何というばか者たちよ，夫たちはどう言うか知ら，親戚たちはどう言うか知ら，うちらがここで裸のまま殺されていることがどうして分かるか知ら？　こんな不名誉な恥辱をさらすよりは，生まれたときに死んだほうがましだったわ」。

　学生はさながら夫婦がやるみたいに，お互いに彼女らが横たわっているのを見て，真白ながらあまり薄くはないシーツを取って，肌が透けて見えたり分かったりしないように，三人ともを頭から足の先まで覆ったのです。そして部屋を出て，出入口を閉ざしてから，

ホールで踊っている彼女らの亭主に会ったのです。そして，踊りが終わると，三人の女性がベッドで横たわっている部屋に彼らを案内して，こう言ったのです。

「みなさん，ここへご案内したのは，少しばかり余興をお見せしたり，現代では決してご覧になったことのないもっとも素晴らしいものをお示しするためなのです」。それからろうそくを片手にベッドに近づいて，軽くシーツを足許から持ち上げ，それを巻き上げ始めてから，女性たちのひざまでをむき出しにしたのです。そこで亭主たちが目にした優美な足をした丸味を帯びた白い脚は，眺めても驚くほど素晴らしいものでした。それから，学生は彼女たちの胸までむき出しにし，そして，彼らに見せた真白な腿(もも)は繊細なアラバスターにも似た丸い胴体をもつ，純太理石の二本の円柱にそっくりでした。それから，彼女たちのもっと上を露わにして，二つのありふれた固くて，きゃしゃで丸い物の付いた，柔くて少し浮き出た胸（至高のゼウスでもそれらを抱いて接吻したくさせたほどの）を彼らに見せたのです。

亭主たちがこれらを見て楽しみ満足したことはご想像できるでしょう。でも，自分の夫たちが面白がるのを聞いたとき，哀れでみじめな女性たちがどんな状況にあったかは，ご想像にお任せします。彼女らはじっとしていましたし，ばれないようにするために，あえて口出しはしなかったのです。

亭主たちは学生に彼女らの顔を見せさせようと迫りました。でも彼は自身の不幸よりも他人の不幸に慎重でしたから，同意しようとはしませんでした。このことに満足しなかった学生は，三人の婦人

全員の服を取り出して，これらをそれぞれの亭主に見せたのでした。すると彼らはこれを目にして，ある種の茫然自失状態に陥ってしまい，心をむしばんだのでした。恐愕した後で，彼らはより注意深くそれらの衣服を眺めながら，お互いに言い合ったのです,「これは儂が妻に作ってやった服じゃないかな？　これは儂が彼女に買ってやったボンネットじゃないかな？　これは彼女が首から胸に掛けているネックレスじゃないかな？　これは彼女が指にはめている指輪じゃないかな？」部屋を出ても，彼らは祭り(パーティ)をかき乱さないために，立ち去ることはしないで，晩餐のために居残ったのでした。

　若い学生は晩餐の料理ができて，そこそこの家令により万端用意が整ったことをすでに分かっていたため，各人が食卓に就くよう手配しました。そして，招待客たちがあごを動かしている間に，学生は三人の女たちがベッドに横たわっていた部屋に戻ったのです。そして彼女たちをむき出しにしてから言ったのです,「奥さま方，お早ようございます。ご主人たちの言葉は聞かれましたか？　旦那さんたちは外でむらむらしながらあなた方をお待ちです。どうしてぐずぐずなさるのです？　お寝坊さんたちよ，すぐ起きなさい。寝ぼけていないで，もう目をこするのを止めて，さあ，衣服を取り，さっさと羽織りなさい。もうほかの貴婦人がたがあなたらを待っているホールに出て行く時間ですよ」。

　このように彼女たちをあざけったり，面白がって話をするのでした。悲嘆に暮れた女性たちは各自のケースが何かひどい終わりになるのでは，と疑いつつ，泣いたり自分たちの救いを絶望したりしていたのです。こうして苦悶しながら，苦痛に深く傷ついて，死しか

期待しないで立ち上がったのです。そして，学生に向かって言ったのです。

「フィレニオ，あなたはうちらにとび抜けてうまく復讐なさった。もうその鋭利な剣を取ってうちらを殺すことだけね。うちらもそれを一番望んでいるわ。でももしこのお願いを聞き入れたくなければ，せめてこっそり帰宅させて下さいな。そうしたらうちらの名誉も救われますから」。

フィレニオはもう十分に成就したように思われたため，彼女らのそれぞれの衣服を取り，投げ与えて，すぐ身なりを整えるよう命じました。元通りに衣服をまとうと，秘密の出口から彼女らを家から送り出したのです。こうして彼女らは赤恥をかかされながらも，誰からも知られることなく，銘々の家へ戻って行きました。着ていた服を脱ぐと，それを箱の中に仕舞い込み，ベッドには入らないで，熱心に作業に取りかかったのです。

晩餐が終わると，旦那たちは学生に素晴らしい接待を受けたことに感謝し，それ以上に，美しさでは太陽に優る上品な肉体を眺めて得られた快楽のことを感謝するのでした。それから彼らが帰宅すると，妻たちは部屋の中で火の近くに座り，料理していました。そして，夫たちがフィレニオの部屋の中で見かけた衣服や指輪や宝石にいくらか疑念を抱いていたものですから，この懸念が残らぬように，銘々がその夫人に，今晩はどこに居たのか，また衣服はどこにあるのかと尋ねたのです。すると夫人たちは銘々，当夜は外出しなかったと夫に大胆にも答えたのです。そして，衣服を収めてある箱の鍵を取り出して，服や指輪や，そのほか夫たちがかつてプレゼントし

たものを夫に示したのです。

　夫たちはそれらを見て，言うべき言葉も見つからず，黙ってしまいました。そして，当夜起きた一部始終を夫人たちに詳しく物語ったのです。そのことを聞いた妻たちは，何も知らぬという振りをしたのでした。そして，いくらか笑ってから，服を脱ぎ，就寝したのです。

　それほど日にちも経たぬとき，フィレニオは通りで親愛な婦人たちに出会い，言うのでした，「僕らのうち，どちらがひどい侮辱を受けたか知ら？　どちらがよりひどい扱いを受けたか知ら？」でも，彼女らは目を下に向けたまま，何も答えませんでした。こうして，学生は自分が知っていてできる以上に，全然殴打することもなしに，男らしく，蒙った侮辱の復讐をやり遂げたのでした。

訳者あとがき

「物語のないところには歴史もない」
　——B・クローチェ「芸術の一般概念から見た歴史」（1951）
「自分の行っていることを楽しんで下さい。……何を行っているとしても，……その瞬間を楽しんで下さい」
　——L・S・ブドラ『人生に必要な五つの真理』（2009）
「人生は『今日』で成り立っているのですから，今日を充実して生きて初めて，今日がかけがえのない日になるのです」
　——R・コンクリン『「成功地図」の読み方』（2004）

　物語の父と言えば，何といってもイタリア・ルネサンスの巨峰ボッカッチョ（1313-75）が思い浮かぶ。その『デカメロン』は内容はもちろんながら，イタリア語の彫琢ぶりでも抜群であり，その後の数多の群小物語作家も彼を師匠と仰いできた。
　本書に収められているのは以下の五名のいずれも16世紀に活躍し

た物語作家たちである。

　マッテオ・バンデルロ（1485？ – 1561？）
　ジョヴァンニ・フランチェスコ・ストラパローラ（1480／1500 – 1557）
　アニョーロ・フィレンツオーラ（1493 – 1543）
　アントニオ・フランチェスコ・グラッツィーニ（1503 – 1584）
　アントニオ・フランチェスコ・ドーニ（1513 – 1574）

　各作家から，それぞれの秀逸作品2篇が選ばれ，合計10篇から成るアンソロジーであるが，驚くべきは，その文章の長さである（バンデルロ，ドーニ，フィレンツオーラには，改行は一切ない）。
　わが国にも，矢野目源一訳『南欧千夜一夜』（八雲書店，1948）があり，仏訳からの重訳と思われるが，この中には一部，本書と重なる話が収められている。（残念ながら，読み易くはなっていない。）
　ルネサンス文学に造詣が深かった杉浦民平氏の仕事も想起される。氏が何回か"改訳"されている事実からも分かるとおり，原文はなかなかfollowし難い点が多い。本書はイタリア人との共訳であり，少しはこの点では向上しているのではないかと思われる（元より，誤読の危険を冒していないかと怖れている）。ご批判を乞いたい。
　米山喜晟／鳥居正雄共著『イタリア・ノヴェッラの森』（非売品，1993）には助けられる所が多かった。手際良く，長い話を要約している技には感心を禁じ得ない。
　表題はもちろん，ホラティウスの「現在を楽しめ」（カルペ・ディエム）という人口に

膾炙した名句（『歌章』第1巻10）に由来しているが，これはまた，ロレンツォ・イル・マニフィコ（1449-92）の

> 青春の何と美しいことか，
> すぐ消え去るとはいえ。
> 喜びたい者は，そうせよ，
> 明日には保証はないのだ。

をも踏まえて，訳者が命名したものである。今日，長寿社会を迎えたとはいえ，老若男女いずれも悩みは尽きない。本書でイタリア・ルネサンスの息吹きに触れ，ほんの一時なりとも憂さ晴らしをしてもらえれば，訳者たちの本望である。

　出版に当たり，ご協力頂いた文化書房博文社の天野義夫氏にいつもながら，深謝したい。

2015年7月21日

谷口伊兵衛　識

（付記）　原書は限定版2000部の内の No. 1328 であり，終戦直後にヴェネツィアで発行された奇書である。

訳者紹介
谷口　伊兵衛（たにぐち　いへえ）（本名：谷口　勇）
1936年福井県生まれ。1963年東京大学修士（西洋古典学）。1970年京都大学大学院博士課程（伊語伊文学専攻）単位取得退学。1992-2006年立正大学文学部教授。2006-2011年同非常勤講師を経て、現在翻訳家。

著　書：『クローチェ美学から比較記号論まで』、『中世ペルシャ説話集――センデバル』（いずれも而立書房）ほか。

翻訳書：J・クリステヴァ『テクストとしての小説』、U・エコ『記号論と言語哲学』（いずれも国文社）、W・カイザー『文芸学入門』、E・アウエルバッハ『ロマンス語学・文学散歩』（いずれも而立書房）、ほか。新刊書に、G・タボガ『撲殺されたモーツァルト』（共訳、而立書房）、C・マルモ『「バラの名前」原典批判』（文化書房博文社）、L・デ・クレシェンツォ『森羅万象が流転する（パンタ・レイ）』（共訳、近代文藝社）、I・モンタネッリ『物語ギリシャ人の歴史』（文化書房博文社）、V・ドヴレー編『ペトラルカとラウラ』（文化書房博文社）、M・テイシェイラ／J・H・サライーヴァ『マカオの岩窟で幾年月』（文化書房博文社）ほか。

G・ピアッザ（Giovanni Piazza）
1942年イタリア・アレッサンドリア市生まれ。現在ピアッ座主宰。イタリア文化クラブ会長。

翻訳書：『イタリア・ルネサンス　愛の風景』、アプリーレ『愛とは何か』、サラマーゴ『修道院回想録』（而立書房）、アルフィエーリ『アントニウスとクレオパトラ［悲劇］』（文化書房博文社、いずれも共訳）ほか。

《カルペ・ディエム》—浮世を満喫したまえ イタリア・ルネサンス浮世草子10篇
2015年11月10日　初版発行

　　　　　　　　　　　編著者　アルトゥーロ・ポンペアーティ
　　　　　　　　　　　訳　者　谷口伊兵衛／G・ピアッザ
　　　　　　　　　　　発行者　鈴木康一

〒112-0015　東京都文京区目白台1-9-9　　発行所㈱文化書房博文社
振替 00180-9-86955
電話 03(3947)2034
編集　天野企画
URL: http://user.net-web.ne.jp/bunka/　乱丁・落丁本はお取替えします。
印刷・製本　昭和情報プロセス㈱　　　　ISBN978-4-8301-1284-3　C1098

JCOPY <(社) 出版者著作権管理機構 委託出版物>
　本書の無断複写は著作権法上での例外を除き禁じられています。複写される場合は、そのつど事前に、(社) 出版者著作権管理機構（電話 03-3513-6969、FAX 03-3513-6979、e-mail: info@jcopy.or.jp）の許諾を得てください。

　本書のコピー、スキャン、デジタル化等の無断複製は著作権法上での例外を除き禁じられています。本書を代行業者等の第三者に依頼してスキャンやデジタル化することは、たとえ個人や家庭内での利用であっても著作権法上認められておりません。